俺を好きだと言ってくれ

不器用御曹司の求愛はわかりにくい

緒莉

この物語はフィクションであり、実在の人物・団体・事件等とは、いっさい関係ありません。

俺を好きだと言ってくれ
不器用御曹司の求愛はわかりにくい

第一章

1

「ねえ、聞いたっ？　橋下《はしもと》さん」

休憩室に飛び込むように入ってきた先輩社員の山口美由紀《やまぐちみゆき》に尋ねられ、ふみは不動産鑑定士試験の教材から顔を上げた。昼食の弁当はすでに食べ終わっている。

「なにをですか」

時刻は、午後十二時五十分。

もうすぐ、昼休みが終わろうとしている。

「宮間《みやま》副社長が、午後から視察に来るんだって！」

「……はあ」

「はあって」

反応の薄いふみに、美由紀はもどかしそうだ。

しかしふみに言わせれば、社長が視察に来るかもしれないと言われたときだって、美由紀はもっと落ち着いていた。それなのに副社長なら大騒ぎするというのはどういうわけだと、不思議でならない。

「——やばい、やばいって」

今度は午後一時から昼休みに入るはずの園田《そのだ》ひかるが、化粧ポーチを手に、早足で休憩室に入ってきた。

丸顔でショートカットのひかるは、見るからに活発そうだ。緩いウェーブのかかった明るめの髪を肩の下まで伸ばしている美由紀とは、タイプが違うようで、案外仲がいい。ちなみにふみは三人のなかで一番地味な顔立ちで、髪型は肩までのストレートの黒髪だ。

三人は、中堅デベロッパーである宮間不動産が現在建設中の新築マンション、インプレス桜が丘のモデルルームに勤めている。モデルルームは現地から二十メートルほど離れているが、大きな公園に面していて、緑の多い環境はここからでも来客にわかってもらえる。

「化粧直さなくちゃ」

「そうだった、私も」

ふたりは真剣な顔で鏡を覗《のぞ》き込んだ。

ただごとではない雰囲気のふたりに、ふみは首を傾《かし》げた。

「副社長って、そんなにすごいひとなんですか？　たしか、社長の息子さんでしたっけ」

大学を出て新卒で宮間不動産に入社して五年になるふたりとは違い、高卒のふみはフリーターを二年したあと、派遣社員を経て契約社員としてこの会社に入った。そこから正社員になって、一年とちょっと経ったところだ。

ずっとモデルルーム課にいるので、課内の社員たちのことはさすがに知っているけれど、会社の上層部のひとたちのことはよく知らないし、さして興味もなかった。

「すごいひとっていうか、すごいイケメンっていうか」

美由紀が言った。

「あ、すごいって、そういう」

ふみは納得した。

「いや、仕事もすごいひとなんだけどね。この『インプレス桜が丘』を企画したのも副社長だし」

ひかるが慌てたように付け足す。

「そうだったんですか」

「ただ、バツイチなんだよなあ」

と、美由紀は残念そうだ。

「なに、いいじゃない、バツイチ。完璧すぎない感じが」

「たしかに。付け入る隙がありそうな気にはなるよね」

化粧を直しながら盛り上がるふたりを尻目に、ふみは教材と弁当箱を鞄《かばん》にしまい、ロッカーに入れた。

そろそろ昼休みが終わる時間だ。

化粧直しは、弁当を食べ終わったときに軽くしたので、それでよしとする。

少しして、モデルルームの入り口から、男性たちの談笑する声が聞こえてきた。

三人いっぺんに休憩に入っていたと思われてはまずいので、急いで休憩室を出る。ひかると美由紀もそれに続いた。

「いらっしゃいませ」

ひかると美由紀が声を合わせて言い、お辞儀をした。ついさっきまで休憩室で大騒ぎしていたとは思われない、美しいお辞儀だ。

入ってきた男性は、三人いた。

ひとりは見慣れた、モデルルーム課の吉川《よしかわ》課長。四十代の恰幅のいい男性だ。

吉川課長の他には、知らない男性がふたり立っていた。

どちらが宮間副社長なのかは、ひかると美由紀の熱視線、そして外見ですぐにわかった。

なるほど。これは、かっこいい。

キャーキャー言われるのも無理はない。

まず身長が高い。おそらく百八十センチはある。顔立ちはモデルか俳優のように整っていて、口元には人当たりのよさそうな笑みが浮かんでいる。

副社長というからには、四十代の吉川課長と同じかそれ以上の年齢だと勝手に想像していたが、思っていたよりずっと若い。二十四の自分と、せいぜい五、六歳しか離れていないのではないだろうか。

男の人にこういう表現が適切かはわからないが、ハッとするほど綺麗なひとだ。薄いブルーの宝石のようだけれど、内部に小さな傷がありそうな。バツイチだと聞いていたから、そんなふうに思うのだろうか。

「急にすまないね」

顔の作りがいいと、声もいいらしい。優しいテノールが、胸に沁《し》みるようだ。

「近くまで来たものだから、わが社が誇る営業社員の顔を見ていこうかと思って」

宮間副社長がニコッと笑った。その顔が完璧すぎて、ちょっとだけうさんくさく見える。

「橋下さん、前へ」

吉川課長に促されて、一歩前に出る。

え、という感じで、宮間副社長の目が見開かれたのがわかった。

完璧な笑顔にピシッとひびが入ったのを、内心痛快に思う。

「きみが、先月のマンション新規成約数全国ナンバーワンの、あの橋下ふみさん？」

たしかにその橋下ふみさんなので、「はい」と返事をした。

「そ、そうか」

露骨に驚かれてしまったが、べつに気を悪くしたりはしない。

自分は美由紀みたいなパッと華やかな美人でもないし、ひかるのように体育会系のはつらつとした感じもない。ここでは一番地味で愛想もない自分がトップ営業社員だと聞けば、驚くのが普通だ。

「……きみが、お客さまに接するとき、大切にしていることは？」

「お客さまのことを一番に考えることです」

そう答えると、なにかすごい営業哲学でも出てくると思ったのだろうか。拍子抜けしたような顔をされた。

「普通だな」

「普通です」

「今度、全国の優秀な営業部員が集まる場で、前に立って話をしてもらおうと思ってたんだけど……」

「お断りします。一番になれたのは、物件の力がほとんどなので」

ふみはスパッと断った。

たいして頭もよくなければ、卓越したトーク力があるわけでもない自分には、普通の接客しかできない。四月はたまたま調子がよかったが、必ず成約してもらえる魔法があるなら、こっちが教えてもらいたいくらいだ。

「ちょっ、橋下さん……」

ひかると美由紀が、ハラハラした様子でこちらを見ている。吉川課長も、気が気じゃなさそうだ。

しかし宮間副社長は、顎に指を当て、おもしろそうに口角を上げている。

「――オコトワリシマス、か」

「失礼でしたか」

もしや、拒否権はなかったのだろうか。

いまさらながら、少々心配になる。

「いや、いい」

宮間副社長が歩を進め、ふみの目の前に立った。二十センチ以上身長差があるため、ふみはかなり見上げる感じになる。

好奇心いっぱいの少年のような瞳が、ふみを見下ろしてくる。

目力が強い。

思わず目を逸《そ》らしてしまいそうになったが、耐えた。

「――副社長、そろそろお時間が」

部下らしき男性が、遠慮がちに声を掛けてきた。

宮間副社長は残念そうに肩をすくめた。

「また来る」

「はあ……」

帰るぞ、と部下の男性に声を掛けて、宮間副社長は去って行った。

ふみ以外の三人が、どっと疲れたように姿勢を崩した。

「橋下さんさあ……お断りします、はないよ……」

ひかるはまるで自分が失言してしまったかのような顔をしている。

「いや、だって、私がそんな、講演会の講師みたいなまねできるわけないじゃないですか」

「わかるけど、せめて日を置いて熟考したふうにして、メールで返すとかさ」

美由紀の意見もピンとこない。

「それ時間の無駄ですよね？」

「合理的なのが、橋下さんの長所ではあるんだけどなぁ……」

吉川課長が、遠い目をしている。

「それにしても、えげつないほどイケメンだったね」

美由紀が言うと、ひかるが何度も頭を縦に振った。

「あそこまでだと、逆にモテないいんじゃないかって気がしてきた」

「わかる。自分の顔面と偏差値違いすぎて、隣に立つのつらい。ねえ橋下さん、至近距離で向き合うのつらくなかった？」

「つらくはありませんでしたけど、目力すごいなって思いました。あと、意外と気さくなひとでしたね」

「気さく……うん、まあ、そうだね」

それからすぐにお客さまが続けて来たため、このときのことはうやむやに終わった。

2

「また来る」という言葉の通り、宮間副社長はまた来た。今度はひとりで。

翌日に。

五月の半ばで、業界的に繁忙期ではないとはいえ、副社長という立場のひとが二日連続で自分のようないち営業社員に会いに来るなんて、ふみもびっくりだ。

しかしフラッと来られても、当然ながらお客さま優先なので、相手をする時間があるとは限らない。

その日は、結婚を控えたカップルがテンション高くやってきたため、モデルルーム内を案内し、住宅ローンのシミュレーションも作成した。宮間副社長は、ふみが接客する様子をただ見ていた。

翌々日にも、宮間副社長はやってきた。

今度はふみの昼休みに合わせたらしく、十二時ちょっと前に。

十二時半まで落ち着いた熟年夫婦の接客をしたあとランチに誘われたので、弁当があるからと断ったら、すぐそこのコンビニでおにぎりを買ってこられた。

休憩室で、副社長と向かい合って、昼食を摂る。

これはいったい、なんの罰ゲームだろうと、ふみは思う。

一緒に昼休みを取るはずのひかるは、チラチラとドアの向こうからこちらの様子を窺うばかりで、入ってこようとしない。

弁当箱の隣に、いつものように不動産鑑定士試験のテキストを置いてはみたが、さすがに勉強する気にはなれなかった。

「いやあ、コンビニのおにぎりなんて久しぶりに食べるよ」

宮間副社長は楽しそうだ。

ぺりぺり、というおにぎりのビニールをめくる音が、これほど似合わないひともそうはいないだろう。

ふみ自身は着るものにお金をかけるタイプではないが、営業という仕事柄、相手の着ているものの価格帯はだいたいわかる。高い服を着ているからお金持ち、安い服を着ているから貧乏だと単純に言えるものではないことも知っている。

そして宮間副社長は間違いなく、高い服を着ているお金持ちだ。

「そうですか……」

ふみは弁当箱のふたを開けた。

手の込んだおかずが詰まっているのを見て、宮間副社長が驚いた顔をする。

「弁当、すごい美味《うま》そうだね。料亭の仕出しみたいだ」

「昨日の残り物です」

嘘ではなかった。

根菜の炊き合わせも、ほうれん草の胡麻和《ごまあ》えも、白身の西京焼《さいきょうや》きだって、昨晩の残り物だ。

「……本当に、めちゃくちゃ美味い」

炊き合わせの里芋を摘《つま》んで口に放り込んだ宮間副社長が、うんうん頷《うなず》いている。

「食べていいって言ってませんが!?」

気さくを通り越して、これはなかなかの図々しさだ。

お金に余裕がある家で育ったひとのおおらかさを感じる。

きっとこのひとは、他人のおかずに手を出そうものなら流血沙汰になるような世界があるなんて、考えたこともないのだろう。

そして、このくらいのことならすべての女性は自分のことを許すと信じ切っている傲慢さを、かすかに感じる。

これだけのかっこよさだ、周囲の女性たちに甘やかされてきたに違いない。

「橋下さん、店が出せるよ、これ」

当たり前だろうと思いながら、ふみはこれ以上おかずを取られないよう、テキストで弁当箱をガードした。

「それ、論文式のテキストだね。短答式の一次はもう受かったの？」

ふみは頷いた。

「たぶんですが」

「あ、合格発表まだか」

ご飯が口に入っていたので、黙って頷く。西京焼きの漬け加減はちょうどよく、ご飯が進む。

「さっき、重要事項の説明してたね。宅地建物取引士は、もう持ってるんだ？」

「はい」

三十五条書面とも呼ばれる重要事項説明書を交付して、マンションを買おうとしている相手にその物件の情報を説明するのは、宅地建物取引士にしかできない。

ひかると美由紀はまだ資格を持っていないため、彼女たちが契約を取った場合には、重要事項の説明だけふみが代わって行うことになる。

「他にもなにか資格を？」

「ファイナンシャルプランナー二級を持ってます」

「お、やるな」

「不動産鑑定士が取れたら、次は司法書士を取りたいです」

「勉強熱心だね」

いままさにふみの勉強を妨害しておいて、感心したように言う。

「お客さまの質問に答えられないことがないようにと思って……マンションは、だいたいのお客さまにとって、人生で一番高価な買い物ですから」

そう言った気持ちに嘘はないが、宮間不動産をクビになったり、倒産したりしても食べていけるようにというのが本当は一番大きな理由だった。それに、たとえこの会社にずっといたとしても、資格手当が出て給料が増えるのは大きい。

「昨日、今日と仕事ぶりを見学して、なぜ橋下さんがうちのトップセールスマンになれたのか、なんとなくわかった気がしたよ」

宮間副社長は鮭のおにぎりを、がぶりと三分の一くらい一気に食べた。大きな口だなと思いながら、ふみはチマチマと昆布巻きにかじりつく。

「物件や金融に対する豊富な知識、押しつけがましくない営業スタイル、それでいて次回の約束を必ず取り付けること」

「……どれも普通のことです」

「そう、普通のことだ。でもその普通ができている社員が、いったいどれだけいるか」

嘆かわしい、という感じで、宮間副社長が両手を天に向けた。

「極力残業をしていないのもいいね。メリハリのある働き方には好感が持てる」

「ありがとうございます」

残業をしないのは、就業時間のあとに予定が詰まっているからなので、ちょっとだけ後ろめたい。

気がつけば、宮間副社長はコンビニのおにぎりをすべて食べ終わっていた。長い脚を優雅に組んで、ふみがお弁当を食べているのを眺めている。

ふみは居心地の悪さを感じた。

用はもう済んだと思うのだが、なぜ帰らないのだろう。

ひかるは休憩室に入ってこない。もうドアの隙間から覗いてもこないところをみると、外へ食べに行ってしまったようだ。

「橋下さんさあ……」

「はい」

「俺のこと、嫌いでしょ」

「は？」

ふみは弁当から顔を上げた。

会社というものは、個人的な好き嫌いが問題になるようなところだっただろうか。

「俺さ、女性にはわりと好意的な視線を向けられることが多いから、そうじゃない目に敏感なんだよね」

「会社でそういう話をされるのは――」

「セクハラだったか。ごめん」

てへ、という感じで、宮間副社長が肩をすくめた。

このひとは、こんなふうに笑えば許されることの多い人生だったんだろう。少なくとも仕事以外では。

「べつに、嫌いではないです」と、しかたなく本音で答えた。

「本当に？」

「普通です」

「普通かあ」

なにが楽しいのか、今度はクスクスと笑っている。

宮間副社長に対するふみの気持ちとして一番近い言葉は正直言って、妬ましい、だろうか。

それだって、そんなに強い気持ちではない。

金銭的な苦労をしたことがなさそうなところは、素直に羨ましい。とはいえ、えらいひとはえらいひとで、ふみには想像のつかないような苦労をしてきてはいるのだろうが。

たまたまいま同じ会社で働いているというだけで、住んでいる世界も、見えているものも、きっと自分とは全然違うはずだ。

「そろそろ行くよ」

ふみがお弁当を食べ終わったところで、宮間副社長が立ち上がった。

今度は、「また来る」とは言わなかった。

そしてその次の日、宮間副社長はモデルルームに来なかった。

さすがにもう来ないらしいと、ふみはホッとした。

このときは、まさか会社の外で彼に会うはめになろうとは、思いもしなかった。

3

モデルルームの営業は十時から十八時までだが、十七時半を過ぎてやってくるお客はほぼいない。マンションは高いものだけに、皆じっくりと時間をかけて見たがるからだ。

宮間副社長が最後にモデルルームに来てから一週間後。ふみはいつものように定時ぴったりに職場を出た。

「お先に失礼します」

「はい、お疲れ様」

ひかると美由紀が手を振ってくれる。これから皆で飲みに行くらしい。

ひかるも美由紀も課長も酒好きだが、ふみが忘年会や歓送迎会くらいしか飲み会に参加しなくとも全然気にしないでいてくれるのがありがたい。

足早に駅へ向かい、ちょうどやってきた電車に乗り込む。

モデルルームの最寄り駅から、ふみの住むアパートの最寄り駅までは、乗り換えなしで七駅ある。そのちょうど真ん中で降りると、庶民的な繁華街が目の前に広がっている。

格安で飲める居酒屋や立ち飲み屋、ホルモン焼き屋などの間を抜けて、細い路地に入る。

野良猫がピクッとこちらを見て、奥へと逃げていった。

手前から二つ目にある建物のドアの鍵を開けて、なかに入る。狭い勝手口のたたきには、サンダルがひとつ置いてある。

パンプスを脱いで右手の急な階段を上り、二階の休憩室兼更衣室で動きの楽な服に着替えた。仕上げに髪を三角巾でまとめ、エプロンをつければ、『小料理屋　たか』の店員の出来上がりだ。

階段を下り、サンダルを突っかけて店へと繋《つな》がる引き戸を引く。

「おはようございます」

「おう、おはよう」

五十歳過ぎの店の大将、山田隆史《やまだたかし》が丸椅子に座ったまま笑顔で挨拶を返してきた。

『たか』の客席はカウンターのみ、八席で、カウンター内は隆史とふみがすれ違うのもギリギりなくらい狭い。

この店で、ふみは定休日の日曜以外週に六日、一日四時間半アルバイトをしている。時給はさほど高くないが、賄いつきなうえに残り物までもらえるのがありがたい。店主の人柄のおかげか、質の悪い客がほぼいないのもいい。

今日のお客は、いまのところいつも三人で来るサラリーマンのグループが一組のようだ。

「いらっしゃいませ」

「ふみちゃん、日本酒くれる？」

「はい。なににします？」

「おすすめは？」

助けを求めるように隆史の方を見ると、三人組が食べている焼き魚に合う冷酒を教えてくれた。それを徳利《とっくり》に注ぎ、人数分のお猪口《ちょこ》を出した。

料理はどうしようもないが、洗い物やお酒を出すことなど、他のことは極力ふみがやることになっている。

隆史の腰の具合が芳しくないからだ。日中、鍼《はり》やお灸《きゅう》に通っているらしいが、なかなかよくならないらしい。

それから三時間ほど、ふみは入れ代わり立ち代わりやってくるお客の注文を聞いたり、洗い物をしたりして過ごした。

時間はあっという間に経ち、今日はもう新しいお客は来ないかな、と思った頃だった。

ガラガラと入り口の引き戸が引かれ、背の高い男性が身をかがめるようにして店内に入ってきた。

ふたり連れらしきその男性の顔が見えた瞬間、ふみはカウンターを背にして、その場にしゃがみ込んだ。

「ど、どうした、ふみちゃん」

隆史が目を丸くしている。

シーっ、と顔の前に人差し指を立てて、必死に黙っていてくれと主張するが、隆史は困惑した表情のままだ。

「ふたり。いいですか」

「へい、いらっしゃい」

動かないふみに代わって、隆史がおしぼりや割り箸を出している。申し訳ない。申し訳ないが、このままそっと店から出ていきたい。

しゃがんだ状態のまま、音を立てず足を進め、勝手口に続く引き戸に手をかける。

「あれ？」

「……っ！」

中途半端な格好のまま、ふみは動きを止めた。

「橋下さんだよね？」

「……違います」

「あ、ふみちゃんの知り合い？」

隆史は全然空気を読んでくれない。

ふみは諦めて、立ち上がった。

「……いらっしゃいませ」

「やっぱり橋下さんだ。へえ、ここで働いてるんだ」

愉快そうに言ったのは、宮間副社長だった。隣にいるのは、彼が最初にモデルルームに来たとき一緒にいた男性だ。

「うちの会社は、副業禁止ですが……」

男性に痛いところを突かれて、ふみは下を向いた。

「とはいえ、副業で本業がおろそかになっているわけじゃないからなあ、橋下さんの場合。営業成績全国ナンバーワンだし」

宮間副社長が言うと、隆史が尊敬の眼差しを向けてきた。

「え、すごいな、ふみちゃん」

しかし、部下らしき男性は渋い表情のままだ。

「認めてしまうと、他の社員に示しがつきません」

「堅いねえ、お前は」

それはともかく、という感じで、ふたりはカウンター席に腰を下ろした。

「焼き魚と出汁《だし》巻き、それから炊き合わせください」

「お飲み物はどうしますか」

もう諦めて、普通に接客することにする。

「生ふたつ」

「かしこまりました」

ふみは生ビールのジョッキをふたつ、宮間副社長たちの前に置いた。軽く乾杯して、ふたりは飲みはじめる。

「こっちは俺の秘書。川中《かわなか》」

川中が小さく頭を下げてくる。真面目そうなひとだ。ふみに向けてくる視線は、宮間副社長ほど好意的でない。

「……ここにいらしたのは、偶然ですか？」

「完全に偶然。電車で出てて、腹減ったから、手近な駅で降りただけ」

「副社長が、こんな庶民的なお店にいらっしゃるとは思いませんでした」

「副社長っ⁉」

出汁巻きを焼いていた隆史がぐるっとこっちを見て、慌てて腰を押さえる。ガラスの腰を抱えているんだから、無茶はやめてほしい。

「落ち着いた店で軽く飲みたかっただけだよ。川中とふたりで気取った店に行ったってしかたないし」

焼きたての出汁巻きと同時に、炊き合わせも皿に盛ってふたりの前に置いた。

里芋をひとつ口に入れ、宮間副社長がフフッと笑う。

「美味い。知ってる味がする」

「私のお弁当に入ってましたからね」

「俺あのとき、『店出せるよ』って本気で言ったんだけど、橋下さん全然謙遜しなかったじゃない」

「店で出してるものですからね」

「そういうことだったんだな。淡々としてるのに、自信に溢《あふ》れている、ちょっと珍しいタイプの営業社員だと思ったんだけど」

「大将の料理はなんでも美味しいですよ。その辺の店には負けません」

ありがとうよ、と隆史はくすぐったそうな顔をしている。

宮間副社長と川中は、もう二杯ずつ生ビールを飲み、つまみを数品追加で頼んで食べ、席を立った。

「お会計お願いします」と言われたとき、ふみはホッとした。

アルバイトをしていることは、見逃してもらえそうだ。

しかし、続く言葉を聞いて、ギョッとした。

「また来る」

「げ」

「げって」

また来る、と言ったら、このひとはたぶん本当にまた来る。

来るなと言える立場でもない。

「そんな顔されると、ますます来たくなるな」

宮間副社長は笑顔で帰っていった。

「いやあ、えらい気さくな副社長さんだなあ。ふみちゃん、いい会社に勤めてるね」

料理を手放しで褒められた隆史は、機嫌がよさそうだ。

「は……はは……」

ふみは引きつった笑みを浮かべた。

気さくというか、あれは絶対、おもしろいおもちゃを見つけたという顔だった。

第二章

1

五月下旬の金曜日の夜。

ひとりで『小料理屋　たか』に来た宮間副社長は、ふみの目の前で満足げにジョッキを傾けていた。

閉店三十分前を切り、他の客の姿はもうない。

つまり、店内にいるのは隆史とふみと宮間副社長だけとなる。

「大将の炊き合わせ、ほんと最高」

「ありがとうよ」

「橋下さんもそう思うでしょ」

「はいはい、そうですね」

適当にあしらって、レジ締めの作業を始める。

彼が最初に来たときこそ驚いたものの、もう慣れた。いったいこの店のどこがそんなに気に入ったのか、二日と空けず、閉店一時間前頃に飲みに来るからだ。秘書の川中は、一緒のこともあれば、いないこともある。

隆史は宮間副社長のことを、ずいぶんと気に入ったようだ。残さずたくさん食べるし、飲み方が綺麗だからだろう。

しかしふみは、できればもう来ないでくれないかなと思ってしまう。だいぶ慣れたとはいえ、自分の会社の副社長に、禁止されている副業を見守られる気まずさは消えない。

「橋下さんって、俺に全然興味ないよね」

なにがそんなに嬉しいのか、宮間副社長はニコニコしながらふみの顔を見ている。

「……全然ってことは」

「えっ、興味あるの？　たとえばどんなことに？」

「どうして私の副業を見逃してくれているんだろうとか」

「本業で給料以上の結果出してくれてるから、べつにいいかなって」

「お金持ちなんだろうに、どうしてもっと高いお店に行かないんだろうとか」

「高い店に行くこともあるよ。主に接待で」

「こんな不愛想な店員しかいない店じゃなくて、女の子にキャーキャー言ってもらえそうなところに行けばいいのにとか」

「キャーキャーかあ……いいな、橋下さん、言ってみてよ」

「キャーキャー（棒）」

「んんん……最高だな、この塩対応」

身悶《みもだ》える宮間副社長を見て、ふみの隣で隆史が吹き出した。

「ふみちゃん、わかってやんなよ。男はさ、フランス料理みたいなのばっかり食ってちゃ飽きちまうんだよ。毎日食うなら、塩むすびの方がずっといいんだって」

「……塩むすび」

なんとなく言わんとするところはわからないではないが、せめて具入りで例えてほしかったし、べつに食べられてはいない。

楽しげに隆史と話している宮間副社長をちらりと見る。

三回目に来たときだったか、二年前の六月に結婚し、去年の六月に離婚したんだと宮間副社長が酒を飲みながら話した。

バツイチだという噂《うわさ》は、本当だったのだ。

「なんで離婚したんですか」と、そのとき話の流れでふみは聞いた。遠慮がなさすぎるかもとは思ったが、聞いてほしそうに見えたのだ。そしてどうして結婚したかは、副社長という立場の彼なら縁談がいくらでもありそうだし、たいして興味もなかった。

「あったかい家庭ってやつを、作ってみたかったんだよ」と宮間副社長は答えた。

「答えになってません」

それは結婚した理由だろう。

「お見合いに近い結婚だったんだけど。彼女は専業主婦に憧れてて。家事とか、すごい完璧だったんだ。美人だったし、どこにも出かけない日でも、バッチリ化粧してた」

「……いい奥さんじゃないですか」

もしかしてのろけられているのかと思うくらい、離婚する要素が見当たらない。

これは宮間副社長が離婚された側だという可能性もあるなと思ったが。

「想像してみてくれ。毎日家に帰ると、完璧な外見をした他人が、完璧な夕食を用意して笑ってるんだ」

「いいことじゃないですか」

「やっぱりそう思うかぁ」

宮間副社長は隆史に野菜天を頼んだ。

パチパチと、衣の揚がる音が狭い店内に響く。

「俺は『カレー』といったら、玉ねぎニンジンじゃがいも豚こまの入った、普通のカレーが食べたいんだ。インド料理屋に行ったときはべつとして」

「それは私もそうですね」

「シーフードカレーだったり、キーマカレーだったり、そういう変化球は家庭料理に望んでいなかった」

「……奥さんにそう言ったらよかったじゃないですか」

「言えないんだなあ、これが」

宮間副社長は遠い目をした。

ふみにはよくわからない。

「大将、わかります？」

「なんとなくな」

「わかってもらえますか」

宮間副社長が身を乗り出す。

ちなみに隆史は奥さんとの間にもう成人した子供がふたりいて、奥さんは昼間、近所のスーパーでパートをしている。夫婦仲は悪くないらしいが、奥さんはこの店を手伝う気がないようだ。

「うちは、朝飯はカミさんが作ってんだけど、テレビで見たんだか、一時ふわふわパンケーキにハマっていたことがあって」

「お洒落《しゃれ》じゃないですか、朝食にパンケーキ」

ふみは言った。

「俺は朝食にお洒落さなんざ求めちゃいないし、リコッタチーズやら豆腐やら混ぜたハンペンみたいなパンケーキより、普通のホットケーキの方が好きだ」

わかる、というように宮間副社長が何度も頷く。

「それなのに、毎朝毎朝ちょっとずつ混ぜるものやら配合を変えたパンケーキが目の前に出てくるわけだよ。で、カミさんが目をキラッキラさせて、俺の感想を待っている。そこで、納豆と白飯の方がいい、なんて言った日には、いったいどうなるか……」

「ああ……」

それはちょっとつらそうだな、とふみも思った。

「はいよ、野菜天」

カウンターに揚げたての天ぷらが置かれる。

宮間副社長がナスの天ぷらをかじった。ザクッといい音がした。

「うちはパン作りにハマって、毎朝焼きたてのパンが出てきました。それはまだよかったんですけど、決定的だったのは、あれだ……夜、筆ペンで書かれたお品書きがテーブルに置かれる

「前菜、小エビとラディッシュのサラダ。スープ、カボチャの冷製ポタージュ。主菜、ラム肉の赤ワインソース煮。みたいな」と、宮間副社長は続けた。

「それは、なかなか……本格的？　ですね」

ドレスコードのある店みたいだ。家なのに。

「お品書きの通りに、一品ずつ、目の前に料理が出てくるんだ。それで、ああもう駄目だと思った」

ふみにはやっぱりよくわからない。

大仰だなとは思うが、毎日手の込んだ食事が出てきて、それを不満に思うなんて。贅沢《ぜいたく》言うなと思うひとが大半ではないだろうか。

「そういうスタイルの食事が嫌だったのなら、言いづらくてもそう言って、話し合えばよかったじゃないですか」

「話し合う、ねえ……」

宮間副社長は頬杖をついて、悩ましげな目で野菜天を見た。ここが高級ホテルの最上階にあるバーだったら、さぞ絵になったことだろう。

「俺が『お品書きはやめないか』と言えば次の日からは出てこなかっただろうし、『カレーは普通のがいい』と言えば、ルーの箱裏に書いてあるレシピ通りの、ザ・普通のカレーが出てきたんだと思うよ。そして俺は、彼女が専業主婦として思い描いていた『理想の家庭』ってやつを否定した罪悪感を胸の奥に押し込めて、毎日飯を食うわけだ……地獄だな」

「大将、わかります？」

「なんとなくな」

「わかってもらえますか」

宮間副社長はいまにも隆史の手を握りだしそうだ。

「でも、副社長の感覚に合わなかったっていうだけで、奥さんの落ち度ゼロじゃないですか。それでよく離婚できましたね」

サイズの合わなかった服を返品するのとは違うだろうに。

「それはまあ、払うもの払ったから」

宮間副社長は親指と人差し指で円を作ってみせた。

ふみは少々呆れてしまった。あったかい家庭を作りたいからと結婚して、思ったのと違ったからと放り出して。お金を払ったからそれでいいというものではないだろう。

外見から、彼を完璧な王子さまみたいに思っている同僚たちに、この本性を見せてやりたいと思った。

「――橋下さんは、結婚しないの？」

わかさぎの南蛮漬けを摘みながら、宮間副社長が尋ねてきた。

会社で聞いてきたなら確実にセクハラだが、ここは酒を出すような店なので、許してあげることにする。

「予定はないですね」

「なんで？」

なんでって。

「ひとりでできるものじゃないでしょう」

「そうだけどさ。八時間働いたあとでこうやってバイトしてたり、昼休みまで資格の勉強してたりするのを見てると、もう一生ひとりで生きていくって決めてるみたいじゃない。まだ若いのに」

「……」

さてなんと答えようか。

絶対わかりあえない境遇のひとに、身の上話をしてもしかたがない。

「……マンションを買おうと思っていて。それで貯金してるんです」

嘘ではなかった。

「マンションって、うちの？」

ふみは頷いた。

「たぶんそうなります。ものがいいのはよくわかっているので。駅から徒歩十分以内で、広めの1LDK。緑の多いところがいいです」

本当はいま売っているインプレス桜が丘の狭めの部屋が欲しいが、人気駅の近くで仕様も豪華なため、価格的にとても手が出ない。

「具体的な夢だね」

「それで、猫を飼います。種類はなんでもいいです」

「やっぱり独身決定コースじゃないの」

「そうかもしれません」

ふみには、あったかい家庭というものがよくわからない。

わからないから、憧れもない。

ただ、「ここが自分の家だ」と心から思える場所は、誰よりも欲しかった。

「いいじゃないですか、独身。よくもまあ皆さん、生まれも育ちも違う他人に、自分の人生やお財布をポンと預けられるものだなあと思いますよ」

「あぁ……結婚する、までは俺はわからないことないんだけど、結婚と同時にマンション買おうとしているお客さんを見ていると、せめて一年くらいは賃貸で暮らして、自分たちのライフスタイルがハッキリ見えてから買った方がいいのにとは思うね」

「同感です」

珍しく気が合った。

マンションはたいていの人にとって、人生で一番高い買い物だ。それだけに、新婚気分で浮かれて買うのでなく、じっくりと腰を落ち着けて、自分たちに合うものを選んでもらいたいと常々思っていた。

「生お代わり」

「はい」

時計を見ると、閉店まであと十五分というところだった。これが最後のお代わりだろう。

「副社長さんは、再婚は考えないのかい？」

隆史が宮間副社長に尋ねた。

「もう結婚はコリゴリって感じか？」

「ん――……一歩引いちゃうところはありますよね、やっぱり。相手にも引かれちゃうだろうし」

宮間副社長はジョッキをクイッと傾けて、どこか遠くを見るような目をした。

「でも、いつかは、って思ってますよ」

「そうなんですね」

離婚でずいぶん大変な思いをしたんだろうに。意外に思って、ふみは思わず口を挟んだ。

「まだ諦めちゃいないからね、あったかい家庭ってやつを」

そう言って、宮間副社長はふみの目を見た。

「橋下さん、よかったら俺と結婚してみない？」

「プロポーズ、軽っ」

と隆史が吹き出す。

「冗談は顔だけにしてください。お会計、四千三百円です」

表情ひとつ変えずに手を出してやると、宮間副社長は「橋下さんが俺に冷たい……」とボヤきながら財布を出し、現金を手にのせてくれた。

2

六月一日。

ふみと美由紀とひかるが三人とも揃《そろ》う日、モデルルーム課の吉川課長がインプレス桜が丘のモデルルームにやってきた。

「えー、皆さん、おはようございます」

「おはようございます」

三人で声を合わせて言い、頭を下げる。

「まずは、これを見てもらおうかな」

吉川課長が机の上に出したのは、国内全モデルルームの五月の売上速報だった。

物件の規模などにも左右されるから、単純に数で比較することはできないが、インプレス桜が丘の売上が好調なのはハッキリとわかった。

通常マンションの販売は、一階や北向きなど、人気のない部屋ばかりが残ってしまわないよう、何期かに分けて行われる。インプレス桜が丘は、三期に分けて販売されるうちの二期までが、昨日で完売した。この分なら、建つ前に全戸完売するだろう。

「というわけで、皆さん、六月も頑張りましょう」

「はいっ」

皆の顔が明るい。

宮間副社長が企画したらしいインプレス桜が丘は、立地も建物もいい物件だとふみは思っている。敷地内に緑が多く、駐車場が平台なのも好ポイントだ。自分がいいと思うものを、適正な価格で売るのは、心が痛まなくていい。

「橋下さんは特に頑張って」

名指しで言われ、ふみは思わず目をパチパチさせた。

「え?」

「先月の頑張りで、いま全国の営業成績で十番以内に入ってる。今月も頑張れたら、上半期の社長賞が狙えるよ」

すごいじゃんっ、と美由紀とひかるが歓声を上げる。

社長賞は営業の場合、半期に一度、全国の上位五名が金一封をもらえることになっている。

ふみはそこまで営業成績にこだわるタイプではないのだが、社長賞と言われるとさすがに欲が出てきた。

「……頑張ります」

もらえるものなら、もらいたい。

ぐっと握り拳を作って、気合を入れた。

3

パワーランチから帰社した宮間悟《さとる》は、副社長室で左手の薬指を撫でている。

一年前に外した指輪の跡は、もうない。

今日で六月になった。

六月は結婚した月であり、離婚した月でもある。

嫌な月だ。

どんなに外面を取り繕っても、自分は元妻の玉のような人生に傷をつけたろくでなしだと思い知らされる。

以前『小料理屋たか』で、営業の橋下ふみに「奥さんの落ち度ゼロじゃないですか」と言われたことがある。

その通りだ。

元妻は、専業主婦として、完璧だった。

「それでよく離婚できましたね」とも言われ、悟は「払うもの払ったから」と、まるで金であっさり解決できたみたいに言った。

本当は、揉《も》めに揉めた。

結婚して半年が経った、クリスマスイブの日。どこの高級レストランかと思うほど完璧に整えられた食卓を見て、俺はもう無理だと離婚を切り出した。直後、元妻はハラハラと美しく涙を流し（これがまた完璧だった！）、悟がいないと生きていけないと振り絞るように言った。

そんな彼女を見ても、悟の胸は痛まなかった。

まるで女優のようだと思い、自分は客席で映画を観ているように感じた。薄々わかってはいたが、自分には人として大事なものが欠けているのだと痛感した。

離婚したい理由を、悟はなんとか自分の言葉で伝えようと努力した。お互いが思い描く理想の家庭像が、絶望的なまでに合わないこと。どちらかが折れて相手に合わせても、表面上はともかく、この先絶対に上手くいかなくなると思っていること。

しかし元妻はまるで理解できないようだった。

当然だ。彼女に落ち度なんてなかったのだから。専業主婦として完璧だから離婚したいと言われて、ああそうですかと納得するひとはいないだろう。

悟は元妻を説得することを早々に諦め、自分でも最低だと思うが離婚を切り出した翌日には逃げるように家を出て、それ以降のことは弁護士に丸投げした。そこから籍を抜くまで、半年かかった。元妻は父の親友でもある取引先の社長の娘だったから、父たちの友情にも、会社にも、よくない影響が少なからずあった。

父にはいまだに嫌みを言われる。

でも、そうするしかなかった。

それにしても、と悟はふみの顔を思い浮かべた。

けっこう言いたいこと言ってくれるよな。

現社長の息子であり、この会社の副社長である悟には、当然ながら皆気を遣ってくる。遠慮のない物言いをしてくるのは、付き合いの長い秘書の川中と、ふみくらいのものだ。副業がバレて開き直っているのもあるのだろうが。

ふみの第一印象は、地味で大人しそうな女、だった。

悟自身が企画した、思い入れのある物件であるインプレス桜が丘の営業担当が月間マンション新規成約数全国ナンバーワンを取ったと聞いてワクワク会いに行ったときには、こんな女性が？　と正直驚いた。

いまは初めとはずいぶん違う印象を抱いている。派手ではないがけっして地味ではないし、全然大人しくもない。

努力を重ね、豊富な知識と誠実なセールストークで契約を取る、立派な営業ウーマンだ。

ふみのことを考えていると、『小料理屋　たか』に行きたくなる。

料理や酒が美味いのはもちろんだが、あの狭さと、店員であるふみの愛想のなさがいい。

悟が『たか』に通っているのを知っているのは、秘書の川中しかいない。自分だけの隠れ家がを見つけたみたいで、つい通ってしまっている。

「――副社長、そろそろ佐藤《さとう》建設の小早川《こばやかわ》様がいらっしゃるお時間です」

短いノックのあとで、秘書の川中が副社長室に入ってきた。

川中は悟と同い年だが、六歳を頭に三人の子供がいる。

川中とは、大学のゼミで意気投合した。卒業後、川中は一度は別の会社に就職したのだが、三年前、悟が副社長に就任したタイミングで宮間不動産に引き抜いてきた。

「川中」

「はい」

「幸せ？」

「はい」

真顔で答えられた。

「俺も幸せになりたい」

机に突っ伏して駄々をこねる。

川中から漂ってくる空気は冷たい。自分で家庭を投げ捨てておいて、なにを言っているんだこいつはと思っているのだろう。

「ほんとだって」

「そうですか。小早川さんもう来ますよ」

「川中が冷たい……」

「そうは言ってもさ」

川中が敬語をやめて、スマートフォンを取り出した。

画面をササっと操作して表示させたのは、川中の家族写真だった。一番上の子の誕生日のものらしく、テーブルに置かれたケーキにはロウソクが六本立っている。

まだ赤ん坊の一番下の子以外は、全員幸せそうに笑っている。

「お前これ見て、羨《うらや》ましいか？」

「……正直、そうでもない」

だろ？　というふうに肩をすくめて、川中はスマートフォンをポケットにしまった。

「諦めろ。ひとには向き不向きってものがあるんだよ」

あったかい家庭に憧れているとはいっても、子沢山になりたいわけではない。

子供より自分を優先してしまいそうだという点で、家庭生活が向いていない自覚もある。

だからといって、そう簡単には諦められないのだ。

毎日頑張ってお品書き通りの夕飯を胃に流し込んでいたら、いつか、幸せになれていたんだろうか。それとも、頑張って、という時点でやっぱり駄目だったんだろうか。

考えてもわからなかった。

六月二日の金曜日。

元結婚記念日のその日の夜、悟は仕事絡みの会食で銀座《ぎんざ》を訪れていた。

一軒目でふぐのコース料理を食べ、二軒目に会食相手が行きつけのクラブへ行こうとしつこく誘ってくるのを笑顔でかわして、夜のみゆき通りを歩き出したときだった。

「——悟さん……？」

聞き覚えのある声がして、振り返る。

そこに立っていたのは、二年前に結婚し、一年前に別れた元妻そのひとだった。

「っ……」

とっさに言葉が出なかった。

彼女は一年前と変わらず、美しかった。清楚《せいそ》な薄紫色のワンピース姿で、長い髪を緩く巻いている。

儚《はかな》げな雰囲気も変わっていない。

ハラハラと涙を流し、悟がいないと生きていけないと振り絞るように言ったときの顔を思い出す。

「お久しぶりです」

「……久しぶり」

みっともなく、声が掠《かす》れてしまった。

憎しみ合って別れたのではなかった。

ただ、悟が彼女と上手く家族になれなかっただけで。

罪悪感が、じわりと胸の奥に広がっていく。

と、元妻が立っているところの横のドアが開き、体格のいい男性がひとり出てきた。悟より一回りは年上だろうか。

「お待たせ」

男性が当たり前のように、元妻の肩を抱き寄せた。

「……あ？」

思わず眉がつり上がった。

元妻の口角がわずかに上がる。

ふたりが歩き出した。悟の脇を通り過ぎていく。

「ごきげんよう」

すれ違いざまに言われ、男性が訝《いぶか》し気に悟の方を振り返る。

「知り合い？」

「ええ、ちょっと」

ふたりの足音が遠ざかっていく。

悟は振り返ることができない。

『小料理屋　たか』の暖簾《のれん》が、頭のなかで揺れる。

4

「だからぁ、べつに未練があるとか、そういうんじゃないんだって」

宮間副社長が巻き舌になっている。

酔っぱらっていた。それはもう、ベロベロに。

いつもお行儀のいい飲み方をするひとだと思っていたから、ふみはかなり驚いていた。

店に入ってくるなり、強い酒をカパカパ空けたから大丈夫かと思ったら、全然大丈夫ではないようだ。

「ただ、離婚するとき、俺がいないと死ぬようなこと言ってたくせに、たった一年で男作るってどうなんだって話だよ」

自分から離婚を切り出しておいて勝手極まりないと、ふみは呆れた。

「べつに元奥さんの自由じゃないですか。離婚したら何年間か泣き暮らさなきゃいけないなんてルールないんですから」

「そんなことはわかってる」

宮間副社長は、ぐしゃぐしゃっと前髪をかきむしった。

「結局あいつにとっては、専業主婦になれるなら、夫は俺じゃなくても、誰でもよかったんだ……そんな相手とあったかい家庭を作ろうなんて、初めから無理だったんだよ」

このセリフを聞いたのは、五回目だ。

このひと、めんどくさい。

ふみは助けを求めるように隆史の方を見た。何度もループする宮間副社長の話を、最初は真面目に聞いていたのだが、さすがに飽きたらしく、腕を組んでこっくりこっくり舟を漕《こ》いでいる。

もうすぐ閉店時刻になる。レジはとっくに締めた。いま宮間副社長が酒だと思って飲んでいるのは、水だ。

さて、これからどうしようとふみは悩んだ。

「副社長、そろそろ店閉めたいんですけど」

「そうですか」

「いや、そうですかじゃなくて。家どこですか。タクシー呼びます」

「地球」

「……そうですか」

宮間副社長をタクシーに放り込むにしても、住所がわからない。会社の住所なら当然知っているが、会社の前に捨てていくわけにもいかないだろう。

隆史の家はどうか。想像だが、店の客を泊めるのは、奥さんがすごく嫌がりそうだ。

消去法でいくと、どうしたって、ふみの家に泊めることになってしまう。

ひとり暮らしの女の家だ。男性である宮間副社長を泊めることには、当然抵抗を感じる。ベッドだって、ひとつしかない。

「んん……」

──床に転がしておけばいいか。

ふみは小さく溜め息をついた。

ふみにとって彼は、勤めている会社の副社長ではあるけれど、いまはただの酔客でしかない。丁寧にもてなすつもりはなかった。

十一時になった。

暖簾を店のなかに入れ、『営業中』の看板を裏返して、まずは隆史を起こす。

「大将、閉店です」

「んあ？　あぁ、もうそんな時間か……」

隆史は座ったまま、んーっと背伸びをして、ひとつあくびをした。

「私、着替えてきますね」

勝手口の狭い階段を上がり、二階でエプロンや三角巾を外して、会社に行くときの服に着替えた。

私物を持ち、トントンとまた下に下りていくと、ふたりとも半分寝ていた。

「はい、立ってください」

ふみに促されてのそのそと立ち上がった男ふたりを、店外へ出す。入り口の鍵を閉めて、流しのタクシーを止め、まずは隆史を乗せた。隆史は普段歩いて店に通ってきていて、家はここからワンメーターで行けるところにある。

もう一台止めて、そちらには宮間副社長と自分が乗った。

タクシーなんてめったに乗らないのだが、ベロベロに酔った彼を連れて電車に乗ろうとは思えなかった。

自宅の住所を告げ、タクシーが静かに走りだす。

「んん……」

コトン、と宮間副社長が頭をふみの肩に預けてきた。

ついさっきまであんなに勝手なことばかり言っていたのに、寝ている顔はドキッとするほど端正だ。

このひと、生きづらそうだなと、ふみは思った。

完璧な見た目から抱かれるだろうイメージと実物に、ギャップがありすぎる。ひかると美由紀によれば仕事はすごいらしいが、会社では『小料理屋たか』で見せるような顔はまず見せられないのではないか。それをいうと、ふみだってそうだが、立場が違いすぎる。

彼の結婚生活が破綻した理由は、正直あまり理解できなかったけれど、彼なりに傷ついていることは今日の飲み方で伝わってきた。私的なことに対する気持ちの整理が下手くそなのも、よくわかった。

ふみは、なんとなく、胸の辺りが落ち着かない感じになった。

自分は彼に、同情しているんだろうか。

タクシーのメーターがふたつ上がったところで、ふみが住んでいるアパートの前に着いた。

領収書をもらって降りる。宮間副社長も、なんとか引きずり下ろした。

「副社長ーっ、起きてくださーい」

アパートの階段は、なんとか自分で上ってほしい。

べしべしと、わりと手荒に頬を叩いてみると、ものすごい嫌そうな顔で半目を開けた。

「んんー……」

「ここ上ってください。ほら、頑張って」

ぐいぐいと背中を押した。広い背中だ。

二階に上りきって、手前から三番目がふみの部屋だ。

鍵を開けて、なかに入る。宮間副社長がフラフラと部屋に上がろうとするのを、慌てて止めた。

「ちょっ、靴脱いでください、靴！」

「んんー……」

なんとか靴を脱がせることに成功した。キッチンを通り抜け、奥の部屋へと向かっていく。

男性ものの着替えなんてものは、当然ふみの家にはない。ジャケットだけ脱いでもらって、ハンガーにかけておけばいいか。

「副社長、ジャケット脱いでください」

「はいよー……」

宮間副社長は、のそのそとジャケットを脱いで、そのまま床に放った。ふみがそれを拾い、ハンガーで壁にかけておく。

バサッという音が聞こえ、ん？　と思って振り返る。

宮間副社長が、ワイシャツを脱ぎ下着に手をかけていた。

「やっ、そんな、いろいろ脱がなくてもっ」

焦って声を掛けたが、ふみの言葉など聞こえていないかのように、ワイシャツ、下着、靴下と脱ぎ捨て、彼は上半身裸になってしまった。

「いっ……」

ふみは両手で顔を覆った。それでいて、指の隙間から、つい彼の体を見てしまう。スーツを着ているときは細く見えていたが、けっこう鍛えているらしく、腹筋が割れている。

宮間副社長は大きなあくびをしたあと、のそのそとベッドに入っていった。

「私のベッド！」と、ふみは抗議した。

冬でもないし、床に転がして毛布を一枚掛けておけばいいと思っていたのだ。

「ううん……？」

彼は露骨にめんどくせえなという顔をして、ふみの手首を掴《つか》んだ。

え、と思う間もなく、ベッドに引きずり込まれる。

「やっ……！」

ふみは身を硬くした。サーっと血の気が引いていく。

もしかして、いや、もしかしなくても、一人暮らしの家に男性を招き入れるということを軽く考えすぎていたのではないだろうか。

たくましい腕が背後からふみを抱き締めてくる。

宮間副社長の体は熱かった。

ふみは彼の指を一本ずつ自分から引き剥《は》がそうとしたが、全然離れてくれない。

「やっ……副社長……」

泣きそうだった。

ふみはいままで、男性と同衾《どうきん》したことがなかった。

突然訪れた貞操の危機に、頭がついていかない。

ぐりぐりと、後頭部に宮間副社長の額が擦《こす》りつけられる。

「んん……」

宮間副社長の生温かい吐息が、うなじに当たった。

ふみはビクッと体を震わせた。

また吐息がうなじに当たる。吐息は規則正しいリズムを刻んでいるように思える。

「……ん？」

吐息というか、これは寝息ではないだろうか。

後ろを向いて確かめたいが、身動きがとれない。

「副社長」

呼びかけてみたが、返事はない。

熟睡だ。間違いない。

気が抜けて、ふみは一気に脱力した。

「はあぁぁ……」

服を着たまま半裸の男性に抱き締められている現状はどうかと思うが、身の危険はもう感じない。

ストッキングだけでも脱ぎたいけれど、無理そうだ。

緊張が解けると、人肌に包まれる温かさのせいか、急に瞼《まぶた》が重くなってきた。

小さくあくびをして、ふみは眠りに落ちていった。

翌朝起きたのは、宮間副社長の方が早かった。

ふみは背後でゴソゴソする気配で目を覚まし、三十秒くらいかけて昨晩のことを思い出した。

「おはようございます」

「お……おはよう……」

宮間副社長はふみの体に回した手を外すこともできず、固まっているのがわかる。

おもしろいので、ふみからはなにも言わず、黙ってみる。

しばらく沈黙が続いた。

「――俺、きみになにかした？」

「べつに大事にしていたわけじゃないので、気にしないでください」

「まじか」

宮間副社長がガバッと身を起こした。

自分は半裸だが、ふみの着衣が乱れていないことは、すぐにわかったようだ。

「冗談です」

「きみの冗談はわかりづらい」

はああ、と大きく息を吐いて、宮間副社長はまたドサリと横になった。

少しは焦ってくれたようで、気が晴れた。昨晩は本当に、どうにかされるかもしれないと思ったのだから、このくらいの仕返しは許されたい。

「朝食食べます？」

今度はふみが身を起こした。シャワーを浴びていないどころか、ストッキングすら脱がずに寝てしまったので、なんとなく気持ちが悪い。

「まだいい」

では先にシャワーして着替えようかと思ったら、腕を掴まれて再びベッドに引っ張り込まれた。

「副社長――」

「この状況でその呼び方はやめてくれ。悟でいい」

再び後ろから抱き込まれて、ふみは焦った。

「えっ、あの」

「なにもしない」

人肌恋しいだけのようで、あちこち触ってくる様子はない。だからといって、こんな抱き枕みたいな扱いを受けていると、落ち着かない。

どぎまぎしながらも、少しして、ふみは体の力を抜いた。

なぜだか、拒絶できなかった。本当に嫌なら、肘で鳩尾《みぞおち》を突くなりしている。

「しかしなにもない部屋だな」

悟が言った。

「ミニマリストってやつか？」

「そんなカッコいいものじゃありません。ケチなだけです」

悟の言う通り、ふみの部屋はミニマリスト並みに物がない。

服は押し入れのなかにしまってあるから、目につく家具は小さなローテーブルとカラーボックスひとつしかない。

仕事中はファミリータイプのマンションの良さを雄弁に語るふみだが、自分が住んでいるのは木造アパートの二階の1Kだ。高校を卒業したときからずっとここに住んでいるから、もう六年になる。

慎《つつ》ましい暮らしをしているおかげで、貯金はようやく五百万を超えた。一千万貯まったら、それを頭金にしてマンションを買おうと決めている。

「この前ちょっと調べたんだけど、橋下さんってうちの社員では珍しく大学出てないんだね」

宮間不動産の社員の大半は、新卒で一括採用されている。ふみのように、契約社員で入って社員に登用された例は少ない。

「知ってますか。児童福祉施設に住んでいると、高校を卒業した瞬間、社会に放り出されるんですよ」

「え？」

「私は施設出身です。高校時代は、卒業までになんとか敷金礼金前家賃、保証会社に払うお金を稼がなきゃいけませんでした。大学に行こうなんて、考えもしませんでした」

生きているだけで、精一杯だった。

「……それは、大変だったろうな」

大変だったけれど、べつに同情してもらいたいわけではない。大学に通わなかった理由を説明しただけだ。

「高校を出たあともアルバイトを続けて……将来になんの目標も持てずにいました。そんな生活を二年くらいしていた頃、近所にマンションのモデルルームがオープンしたんです」

「うちの？」

ふみは頷いた。

「十八階建てで二百戸の、大型物件でした。高卒のフリーターだった私には、まったく手の届かないものです。それなのに、表に出ていた完成予想図の看板に惹《ひ》かれて、ふらふらとなかに入っちゃったんですよね」

電灯の明かりに吸い寄せられた羽虫みたいなものだ。買おうなんて、まったく頭になかった。

「いやあ、衝撃でしたね。世のなかにはこんな素敵な家に住んでいるひとがいるのかと」

まるでドラマに出てくるお金持ちの家のようだった。しかもテレビの画面越しに見るのと、生で見るのとは迫力が全然違う。個室のない古い施設と、木造アパートにしか住んだことのないふみは、こんなところに住めたら、どんなに素敵だろうと思った。

「モデルルームは、オプション盛りまくって、家具もいいの揃えるしね」

「ですよね。いまならわかります」

どう見ても冷やかしの客だったろうに、モデルルームの係員のひとは、ふみにとても優しくしてくれた。

マンションを買うには、たいていの場合ローンを組むこと、そのためには正社員として勤めていると有利なこと、さらに頭金というものがあるともっといいということも、教えてくれた。

自分でも頑張ったら買えるかな、と、生まれて初めてふみに人生の目標ができた。

モデルルームでもらったチラシには、宮間不動産という社名が書いてあった。こういう会社で働いてみたいと、そのとき衝動的に思った。

とはいえ、いきなり正社員になるのは無理だとわかっていたので、派遣社員として一年間勤めたあとで契約社員として潜り込み、そこから正社員に登用してもらった。配属は、モデルルーム課を希望し、いまに至る。

「なるほど、それでモデルルーム課に」

「自分が欲しいものを売るのは楽しいですよ。私が欲しいのは1LDKですけど」

「んん……1LDKも造るべきだったかな、インプレス桜が丘に」

「ああ、あったら欲しかったかも」

インプレス桜が丘はファミリー向けの物件だ。一番狭い部屋でも2LDKで、高くてふみにはとても手が出ない。

「インプレス桜が丘は、悟さんが企画したんでしたね」

「そう」

もぞっ、と布団の下で、悟がふみの体を抱え直した。

「あそこの前にある公園が好きなんだ。落ち着いていて、でも遊具もあって、緑が多くて。あの環境にタワマンが建つのはちょっと違うかなと思って、十階建てにした」

まだ竣工《しゅんこう》していないが、周囲となじむ、いい建物になるだろう。

「……橋下さんが結婚を考えられないのは、育ち方が原因？」

ふみは横になったまま頷いた。

背中に感じる悟の体温が心地よくて、心も口も少し緩んでしまっている感じがする。

「あったかい家庭ってものを、まるで想像できないので」

「あったかい家庭のイメージを持てないのは同じだよ、俺も」

境遇はずいぶん違うけど、と悟は言う。

続きを促すように、ふみは黙る。

「ものすごいありがちな話なんだけど、うちは両親が不仲でさ。なんで俺が生まれたのか不思議なくらい。お見合いで結婚したらしいけど、親父は愛人のマンションに入り浸りで、ロクに帰ってきやしなかった」

悟は会社や『小料理屋　たか』でハキハキ話す彼とは別人みたいに、ボソボソと話した。

最初から両親がいないのと、いても夫婦関係が破綻しているのと、どっちがましなのだろう。考えたが、ふみにはわからなかった。

「そんなんだから、とっくに家庭なんて壊れてたのに、母は俺が大学進学で家を出るまで、完璧な専業主婦でいつづけた。いつも身綺麗にして、めったに帰ってこない親父の分も食事を用意して、ＰＴＡの役員もやって。俺はそんな母親を見るのが苦痛でしかたなかった」

「副社長」

「悟でいいって」

「……悟さん」

「うん」

「よくそれで、あったかい家庭を作ってみたいって思えましたね」

「反面教師ってやつにできるんじゃないかと思ったんだよ、親を」

できなかったけど、と独り言みたいに付け足される。

それからしばらく、ふたりともなにも話さず、ただくっついていた。

本当に全然境遇は違うなとか、お金のことを気にせず暮らせただけ全然いいじゃないかとか、そんなことがふみの頭に浮かんだが、口に出すほどのことでもないなと思い、言葉にはしなかった。

そんなことよりお腹が空いてきたし、いいかげんシャワーも浴びたいし、でも背中に感じる体温を失うのは惜しかった。

悟の方からも離れていかないのは、彼もこの温もりをなくしたくないと思っているのだろうか。

「フ……フフッ……」

性格も境遇も全然似ていないし、付き合ってもいないふたりなのに、狭いシングルベッドでピッタリくっついていることがおかしくなってきて、つい笑ってしまう。

つられたように悟が笑ったのが、うなじにかかる吐息でわかった。

第三章

1

悟がふみの家に泊まった日から四日後の夜。

『小料理屋 たか』の客が悟だけになったあとのことだった。

「――んぬぬぬぬっ!?」

隆史が野菜の入った段ボールを持ち上げながら横を向いた瞬間、唸《うな》り声を上げて硬直した。

「大将!?」

ふみは急いで隆史の手から段ボールを奪った。しかし隆史は段ボールを持っていたときと同じ姿勢のままだ。

たらりと、隆史のこめかみを汗が流れる。

ぎっくり腰だ。

「大将ゆっくり、ゆっくり座ってください」

いつも使っている丸椅子を、隆史の腰の下に置く。

「なにか俺にできることは？」

悟はもう立ち上がっている。

「営業中の看板、ひっくり返してきてください」

「了解」

悟はすぐに店を出て、言った通りにしてくれた。

隆史は脂汗をかいて、ゆっくりと深呼吸を繰り返している。

「ご、ごめんな、ふみちゃん……しばらく、店はやれそうにない」

「しょうがないですよ。いまは腰のことだけ考えましょう」

隆史がぎっくり腰になったのは、初めてではなかった。ふみが四年前アルバイトを始めてからでも、もう三回目だ。だから、このあとどうなるかもだいたいわかる。数日で動けるようになるひともいるらしいが、隆史はいつも痛みが長引く。おそらく半月は店を閉めることになるだろう。

それから三十分ほどして、ようやく少し動けるようになったところで、隆史は悟に手伝ってもらってタクシーに乗り、帰っていった。心配は心配だが、帰れば奥さんもいることだし、これ以上ふみにできることはない。

閉めた店の前に立って、悟と向き合う。

「なんだか付き合わせてしまって、申し訳ありませんでした」

「それは全然いいんだけど……明日からしばらくバイト休みだよね？」

「そうなりますね」

とはいえ、せめて美由紀やひかると交代で休みになる土日はなにか短期のアルバイトを入れたい。今日が火曜だから、金曜までには決めたいところだ。

と、思ったのだが。

「よしっ」

悟がガッツポーズをした。

「遊ぶぞ」

「はい？」

「平日はちょっと厳しいんで、土日だ。今週末の予定は？」

「日曜は出勤ですが、土曜は休みです」

「どういう系がいい？　運動系？　観る系？」

もう遊ぶこと前提で話が進んでいる。

「いや、私、単発のバイトを探すつもりで――」

「だったら、俺が雇う」

「え？」

「俺の子守だ。それならいいだろ？」

子守って。悟はもう三十を越えた大人なのに。

「フッ……フハハッ」

自分が悟をオモチャであやす姿を思い浮かべて、思わず笑ってしまった。そんなふみを見て、悟も口角を上げる。

まあいいか、とふみは思った。

特におもしろくもない人間である自分と積極的に遊びたがるなんて、悟くらいのものだ。

それに、アルバイトを入れようとしていたのはお金が欲しかったからだけれど、本業の給料だけでも生活には困っていない。貯金のペースが少し落ちるというだけだ。

「お金はいらないです。でもあんまりお金がかかる遊び方だと困ります」

「テニスとかは？」

「自慢じゃないですけど、高校の体育の授業以来、運動はまったくしていません」

「そうか。それじゃあ……」

顎に手を当てて考えるような仕草をしたあと、悟は言った。

「動物園だ」

2

土曜日になった。

午前九時、アパートの前まで迎えにきた悟の車を見て、ふみはたじろいだ。

「おはよう」

「おはよう、ございます」

青みがかった灰色の車体は、ピカピカに磨き上げられている。

ドイツの高級車メーカーのハイエンドモデルだ。さして車に興味がなくとも、日頃マンションを買うお客さんの愛車を見る機会が多いのでわかってしまう。まさか自分が乗る日が来るとは思わなかった。

「さ、乗って」

「は、はい」

悟に促されて、右側の助手席に座る。少しひんやりとしたレザーの質感が心地よい。

シートベルトをすると、車はスッと走りだした。

ハンドルを握っている悟を横目で見る。スーツを着ているところしか見たことがなかったから、私服姿が新鮮だ。ざっくりとした白い綿シャツに茶色いパンツというラフな格好が、よく似合っている。

「動物園なんて、久しぶりじゃないの？　俺はたまにひとりで行くんだけど」

「初めてです」

「えっ!?」

悟は首を回してふみの方を向きかけて、慌てて前を見た。

そこまで驚かないでほしい。

「……小学校の写生会とか」

「そういう行事はなかったですね。施設でもそんなのなかったですし」

そう言うと、悟は喉の奥から唸るような声を上げた。

「じゃ、水族館とか、博物館とか、美術館とか」

「どれも行ったことないですね」

「大人になってからも？　それは、お金がもったいないから？」

「というより、機会がなかったというか……一緒に行くような友達もいませんし」

「それなら、なにして遊んでたの」

「うーん、遊んだ……記憶がない、かも……」

悟がまた、喉の奥から唸るような声を上げる。

「悟さん、なにか怒ってます……？」

怒らせるようなことを言った覚えはないのだが。

「橋下さんには怒ってない」

低い声で言って、ハンドルを握り続ける悟は、やっぱり少し怒って見えた。

上野《うえの》駅前のパーキングに車を入れて、エレベーターで上野公園へと上がる。

動物園の看板が見えて、ふみはワクワクしてきた。

「パンダがいるんですよね？」

「いまは四頭いるはずだよ」

「楽しみです」

生のパンダを見るのは、初めてだ。パンダ以外も、だいたい初めてだが。

「やつら、こっちから見えないところで寝てることも多いんで、期待しすぎないように」

「はーい」

悟と並んで動物園に向かって歩いていたふみは、チラチラとひとの視線を感じて、首をひねった。

そんなにおかしな格好で来てしまっただろうか。

たくさん歩くだろうからと、靴はスニーカーにした。ボトムは動くのが楽なワイドパンツ、トップスはベージュのカットソー。ごく普通だと思うのだが。

「どうかした？」

「いえ……」

あ、そうか。

自分じゃなくて、悟が人の視線を集めているのだ。しょっちゅう店に来るから見慣れてしまったけれど、悟は人目を引く容姿をしている。

気付いていないのか、注目されることに慣れているのか、悟は全然気にする様子がない。

なんとなく気後れして、ふみは半歩、悟から離れた。

入場ゲートは、入場券を買い求める人たちで列ができていた。こういうところは親子連ればかりなのかと思ったら、カップルや女性グループなども多い。

大人ひとり六百円。そんな安価でパンダが見られるなんて、ふみは知らなかった。いや、知ろうともしていなかった。仕事と勉強とアルバイトで、いつだって生活はいっぱいいっぱいで。

「はい」

少しボーッとしている間に、悟は入場券を二枚買っていて、一枚よこしてきた。

「自分の分は、払いますよ」

「ここで財布開いてバタバタするのもあれだから、あとでパンダまん買ってくれ」

「パンダまん？」

「パンダまん」

前のひとに続いて、入園ゲートをくぐる。

動物園に入って一番先に目に入ってきたのは、パンダの待ち時間を表示している看板だった。

「パンダ四十分以上待ち!?」

たしかに右手にあるパンダ舎の前には、長蛇の列ができている。

その人気っぷりにもびっくりしたが、入って右手にいきなりパンダ舎があることにもびっくりした。

「入るなりパンダって、こんなの出オチじゃないですか」

思わず言うと、隣で悟が吹き出した。

「パンダはべつに、オチじゃない」

「そうかもしれませんけど……」

「こっちの母子は人気だけど、北園にいるオスの方は、ここまで混んでないと思うから、そっち行ってみようか」

動物園の広い敷地は、正門のある南園と大きな池のある北園に分かれていて、橋で繋がっている。

ふみは悟と並んで、橋のある方向に歩いた。途中の道には、プレーリードッグやいろんな種類の猿たちがいた。

悟は意外にも動物たちの生態に詳しく、ふみが足を止めるたびにおもしろい解説を聞かせてくれた。

「こいつは哺乳類《ほにゅうるい》では珍しく、一夫一妻らしいよ」

テナガザルを指さして、悟が言った。

「珍しいんですか？」

「哺乳類で一夫一妻の形をとる動物は、三パーセントから五パーセントくらいだと言われているんだ。チンパンジーは乱婚、ゴリラは一夫多妻」

「動物、お好きなんですね」

そういえば、動物園にたまにひとりで行くと言っていた。そういう成人男性は、けっこう珍しいのではないかと思う。

「本当は、動物の生態学を学べるような大学に行きたかったんだ。親に猛反対されて建築科に行ったけど。不仲なくせに、そういうときだけは連帯するんだから、イヤになる」

悟は苦々しい顔をした。

「人間もおおむね一夫一妻だけど、一夫多妻が羨ましいかと言われると、そうでもないな。橋下さんは、一妻多夫ってどう思う？」

「えっ、嫌ですよ。そんな、グループでなにするんですか」

「え、なにって、そりゃ……」

悟が口ごもる。

「胴上げとかですか」

「ど、胴上げって」

ツボに入ったのか、悟は斜め下を向いて肩を震わせた。

南園と北園を結ぶ橋を渡ると、すぐにパンダの展示室の前に出た。こちらの待ち時間は、十分程度のようだ。ふみと悟はさっそく列に並んだ。

列の流れはスムーズで、ほぼ時間通りに展示室の前に来た。

「あっ……！」

オスのパンダは、座って竹を齧《かじ》っていた。

ふみはその姿に、ずきゅーんと胸を打ち抜かれた。

これまでは、パンダが生まれたと大ニュースになるたび、そこまで大騒ぎすることじゃないだろうにと思っていたのに。

これは可愛い。まさしく、動くぬいぐるみだ。

ふみは展示室のガラスに張り付くようにしてパンダに見入った。

「時間でーす、前に進んでくださーい」

一分経ったところで、係員が先へ進むよう促してきた。ふみは後ろ髪引かれる思いでその場を離れた。

「どうだった？　初めてのパンダは。食い入るように見てたけど」

「めちゃくちゃ可愛かったです！」

ふみは力強く言った。

「動くぬいぐるみでした。あの配色と体型は卑怯です」

「わかる。あいつら絶対、自分らのこと可愛いって知ってるよな」

悟が笑った。

「あ、あった、パンダまん」

「あ、はい」

展示室の向かい側にある軽食ワゴンに、パンダまんが売っていた。今度はふみが財布を開き、熱々のをふたつ買う。

ワゴンの前は休憩所になっていて、たくさんの椅子とテーブルが並んでいる。そこに座り、さっそく食べることにした。

パンダと目を合わせないようにして、がぶりと顔にかぶりつく。なかには、タケノコいっぱいの餡《あん》が入っていた。

「美味しいです」

「うん、美味い」

青空の下で食べるパンダまんはとても美味しいし、悟は機嫌良く笑っている。悟をチラチラ見てくる視線にも慣れた。

こんなに楽しい休日を過ごすのは、初めてだった。

「いいなあ……」

背後の少し離れたところから、そんな言葉が聞こえてきた。

「私もあんなひとと、デートしてみたい」

「ほんとほんと」

え、とふみは目を見開いた。

「どうかした？」

「これって、デートなんですか？」

「そ、れは……」

悟が一瞬、言葉に詰まる。

「どっちがいい？」

「え？」

「デートと、デートじゃないのと」

どっちって。

「それ……私が決めるものなんですか」

「いや……俺が決めてもいいけど……」

ふたりの間に微妙な沈黙が流れる。

「ええい、なんだこの空気っ」

結論を出さずに悟が立ち上がる。ふみとしても絶対に決めたいわけではなかったから、なあなあで終わったのはありがたかった。

キリンやサイ、カバなどアフリカの動物を見た後は、両生爬虫類《はちゅうるい》館に入った。

イグアナを見たふみは、その大きさに驚いた。手のひらサイズくらいだと思い込んでいたのが、一メートル近くあったからだ。

「イグアナ好き？」

「好きってほどのことはないですね。大きくてびっくりしました」

まるで恐竜の子供みたいだ。鋭い目付きがカッコいい。

その隣の水槽にも、ひとまわり小さい似た感じの生き物がいたので、別の種類のイグアナなのかと思ったら、プレートにはフトアゴヒゲトカゲと書かれていた。体の色は黄褐色で、愛嬌のある顔をしている。

「飼ってないのに言うのもなんだけど、イグアナもフトアゴヒゲトカゲも、一般家庭で飼いやすい生き物らしいよ」

「そうなんですか？」

「散歩に連れて行く必要はないし、鳴き声を上げたりもしないから、ペット飼育不可の物件でもバレないし」

「なるほど」

ふみは自分の家にイグアナやフトアゴヒゲトカゲがいる光景を想像した。可愛いのかもしれないが、ちょっと怖い気もした。

両生爬虫類館を見終わって、また南園に戻ろうとしたときだった。

橋の下に立ったふみを見て、悟がフフッと笑った。

「橋下さんが橋の下にいる」

悟に悪気がないことはわかっている。

しかし、ふみは笑えなかった。

顔を引きつらせたふみを見て、悟も顔色を変える。

「ごめん、嫌だった……？」

ふみは緩く首を横に振った。

悟は、悪くない。

「橋の下で拾われたから、橋下、らしいです。私の苗字」

「──え？」

「そんなわけないって、いまならわかるんですけど。施設の職員のひとりに、よく言われました。どうも私のことが嫌いだったみたいで」

「子供になんてことをっ……」

悟の目がつり上がるのを見て、余計なことを言ってしまったと、少し後悔した。楽しい空気を壊してしまった。でも平気な振りもできなかったし、したくなかった。

「あまり気にしないでください。昔の話です」

ふみがそう言うと、悟は目の前に立ち、両肩に手を置いてきた。

「――ふみ」

「えっ」

「これからは、名前で呼んでいいか？」

「え、あ、はい」

悟の右手が、肩から下りて、ふみの左手を握ってきた。

「ありがとう。じゃ、そうする」

悟はふみの手を握ったまま、橋の上り坂を歩きだした。大きくて、温かい手だった。

南園に戻ってゴリラやトラをぐるりと見て回り、最後にふたりは土産物店に寄った。

さすがパンダが売りの動物園、お土産物の八割はパンダだ。

ふみはなにも買うつもりがなかったのだが、悟はなにやら真剣な顔でぬいぐるみが並べられたコーナーを物色している。

「悟さん、なにか買うんですか？」

「フトアゴヒゲトカゲとイグアナなら、どっちがいいと思う？」

パンダじゃないんかいと、ずっこけそうになった。

フトアゴヒゲトカゲとイグアナは、さっき両生爬虫類館で見た。ぬいぐるみの出来映えは、色味は派手めだが、実にリアルだ。フトアゴヒゲトカゲのアゴヒゲのように見える喉も、イグアナの背中のトゲも、本物そっくりに再現されている。

「はい、どっち。五、四、三……」

「えっ、き、黄色い方！」

適当に答えると、悟はひとつ頷いて、体長五十センチはあるフトアゴヒゲトカゲのぬいぐるみをレジに持っていった。

「……爬虫類、お好きなんですか？」

「普通」

レジ袋は断ったらしく、フトアゴヒゲトカゲをそのまま小脇に抱えている。

なまじ顔がいいだけに、ものすごくシュールな絵面《えづら》だ。好奇の視線をビシバシ感じる。

正門を出たのは、夕方の四時過ぎだった。

外はまだ明るい。駐車場へ戻り、車に乗る。

「今日は誘ってくださって、ありがとうございました」

「楽しかったな」

「はい」

いままで働くことばかり考えてきたけれど、たまにはこういうのもいいなと思えるくらいには、今日という日を楽しむことができた。

三十分ほど走り、ふみの暮らしているアパートの前まで来たが、車はさらに少し走って、近くのコインパーキングに停められた。

悟はなにも言わないが、上がらせろという圧を感じる。

「……お茶でも飲んでいかれます？」

「ありがとう。いただくよ」

悟は後部座席に置いてあったフトアゴヒゲトカゲのぬいぐるみを持って車から降りた。一時も離れたくないほど気に入ったのかと思うと、微笑ましい。

部屋に上がり、座布団はないので、フトアゴヒゲトカゲと一緒にベッドに座ってもらう。それからお湯を沸かして、ひとり分の紅茶を淹《い》れた。

「どうぞ」

マグカップをひとつローテーブルに置き、ふみはフローリングの床に直接座る。

「あれ、ふみの分は？」

「マグカップ、ひとつしかないんです」

「そ、そうか」

少し引かれてしまったようだが、いままではそれでなにも困っていなかったのだ。

「……いただきます」

悟は紅茶を一口飲み、フウッと息を吐いた。それから少し身を乗り出し、話を切り出してくる。

「来週末の予定はどうなってる？」

「土曜は出勤ですが、日曜は休みです」

「わかった。日曜、どこに行きたい？」

「えっ？」

こんなふうに会うのは、今日だけだと思っていた。

「どこって……」

遊んだ経験がなさすぎて、なにも頭に浮かばない。帰る前に次の約束を取り付けようとするなんて、自分の営業手法みたいだな、と関係ないことを思う。

「特に希望がないなら、俺が決めるよ。宇宙を見に行こう」

「宇宙」

ということは、きっとプラネタリウムだろう。もちろん、ふみはいままで一度も行ったことがない。

「わかりました」

と、ふみは頷いた。なぜ悟が自分なんかと遊びたがるのかはわからないけれど、悟といるのは楽しい。

マグカップいっぱいに淹れた紅茶をゆっくりと飲み干してから、悟は立ち上がった。

「そろそろ行くよ。また来週」

「あ、はい」

玄関まで見送りに出たふみは、悟がぬいぐるみを持っていないことに気がついた。

「あっ、悟さん、ぬいぐるみ忘れてます。フトなんとかトカゲの」

「フトアゴヒゲトカゲ。俺だと思って可愛がってやって」

「えっ」

「じゃ」

ポカンとしているふみを置いて、悟は部屋から出ていってしまった。

居間に戻る。ベージュの無地のベッドカバーの上に、やたらとリアルなフトアゴヒゲトカゲが鎮座している。

「でかっ……」

枕より大きい。ベッドの他にはローテーブルがひとつとカラーボックスがひとつしかない部屋で、それは異彩を放っていた。

「どうしよう、これ」

ふみはゴロンとベッドに横になって、ぬいぐるみを抱き上げた。

試しに目を合わせて頭を撫でてみる。もちろん表情は変わらないけれど、気持ちよさそうに見えないこともない。

なんとか、可愛がることができるような気がしてきた。

そのためにはまず、名前が必要だろう。

「フトアゴヒゲちゃん……フトちゃん……トカちゃん……」

どれもしっくりこない。

悟は、「俺だと思って可愛がってやって」と言っていたっけ。

「……サトルン」

そうそれ、という感じで、フトアゴヒゲトカゲが小さく頷いたように見えた。

3

週が明けて月曜日。

平日なうえに雨混じりのあいにくの天気で、盛況だった日曜とは対照的にモデルルームを訪れるお客さんは少なく、ふみたちは退屈していた。

「お客さん、来ないねえ……」

美由紀が呟《つぶや》く。

「来ませんね……」

溜まっていた事務仕事も、午前中で終わってしまった。

こんなにヒマなら、不動産鑑定士の試験勉強をしたいところだが、一応就業時間内なのでそうもいかない。

「結婚願望はあるけど相手がいない独身で高収入の男性が、出会いを求めてフラッとモデルルームに来ないかなあ……」

ひかるが呟く。

「来ませんね……」

「だよね。はあぁぁ……」

ひかるは大きな溜め息をついた。

「出会いがないねえ……」

「出会いたいねえ……」

美由紀がしみじみ言った。

「この仕事してると、っていうかファミリー向けのこの物件のモデルルームにいると、夫婦か夫婦になる予定の男性にしか会わないもんなあ」

「ここが売り切れて、単身者向けの間取りもある物件のモデルルームに異動になれば、出会いがあるかもよ」

「そういうことだから、橋下さん今月も頑張って！　残り全部売っちゃおう！」

美由紀とひかるが、同時に笑顔でふみの肩を叩いてきた。

「いや、皆で頑張りましょうよ」

というふみの言葉は、軽く流される。

「目の保養にすごくよかった副社長も、すっかり来なくなっちゃったしさあ……」

話が急に悟のことに飛び、ふみは内心ビクッとした。

「ほんとほんと。副社長とどうこうなりたい、なんておこがましいことは言わないから、たまには顔を見せてくださったらなあ」

悟の顔は、よく見ている。今週の日曜日にも、また見る予定だが、ふたりには言えなかった。

悟とは、彼が『小料理屋　たか』に通ってくるようになってからよく話すようにはなったけれど、あくまで店員と客という関係だ。それ以上でもそれ以下でもない。だから、疚《やま》しいことはないのだが、副業がバレてはまずい。

「正直、副社長だったら遊びでもいい」

「わかるー、遊ばれたーい！」

「……遊び」

ふたりで動物園に行ったのは、遊び、に入るのだろうか。

遊ばれた、とは思わない。一緒に遊んだとは思う。

「……あー、ごめんごめん、ヘンなこと言っちゃって。橋下さんそういうの嫌だよね、気を悪くしたよね」

美由紀がすまなそうに言った。

「平気です」

ふみは、気を悪くなどしていなかった。ただ、自分と悟の関係について、ちゃんと考えたことがなかったように思った。

第四章

1

「――最近、インプレス桜が丘のモデルルームに行かないんですね」

移動中の車内で、秘書の川中が運転席から悟に話しかけてきた。

「なるべく邪魔はしたくないからな。仕事も勉強も」

と言いつつ、週末にはまた、ふみと遊びに行く予定なのだが。週に一度くらいは許してほしい。

日曜日が楽しみでしかたない。

ふみといると楽しい。自分の生い立ちを嘆くことなく、黙々と努力し続けている彼女を心から尊敬している。

自分が会社の副社長、ふみがそこの従業員だなんていう立場の差は、自分がたまたま創業者一族に生まれ、努力が当たり前に報われる環境にいたというだけの話だ。

「悟、顔」

川中の敬語が崩れた。

「なに」

「ゆるゆるに緩んでる。そんな顔で狸《たぬき》親父たちとの会議に出ないでくれよ」

「着いたら自動的に引き締まるから大丈夫」

仕事や夜の付き合いで会う男女は皆、悟に笑顔を向けてくる。腹の底ではなにを考えているかわかったものではないが。

ふみは、悟が何者か知っていて、最初から愛想笑いをしてこなかった。それどころか、心底興味がなさそうな顔をしていたし、離婚の経緯を説明したときなんかドン引きしていたのに、だんだんと笑顔を見せてくれるようになってきたのが、本当に嬉しい。

パンダを前にしたときのようなキラキラした目を、もっと見たい。

ふみは悟になにも求めてこない。悟が手を離せば、簡単に切れる縁だ。だからこそ、絶対に離したくない。

「ずいぶん入れ込んでるみたいだな」

「そういうんじゃない」

この年になるまで、女性と恋人関係になったことは何度もあるし、結婚だってした（失敗したが）。ふみに対して抱いている感情は、いままで恋愛感情だと思ってきたものとは違うように思う。駆け引きめいたことをしたいとは思わない。ただ喜んでいる顔が見たい。

　こんな感情は、初めてだった。

「じゃあ、遊びなのかよ」

　うわあぁ……という感じで、川中が引いているのがわかる。

「あんな遊び慣れていない真面目そうな子に、それはないんじゃないか」

『たか』には川中も一緒に行くことがたびたびあるので、川中もふみのことはよく知っていた。

「そういうんでもないって。たまに一緒にどっか行って遊べれば、俺はそれで十分なんだ」

「それって、どういう関係なんだ？」

「え？」

「三十歳の上司と二十四歳の部下で友達って言い分には無理があるぞ。下心ありありですって言われた方が、まだ納得できる」

「下心……」

　まったくないと、言い切れるだろうか。

　悟はふみの家に泊まったときのことを思い出した。夜のことはまったく覚えていないが、翌朝起きてからのことはよく覚えている。腕のなかにふみを抱えて、ボソボソと小声で話しながら、自分はたしかに安らぎを感じた。

それと同時に、細くて柔らかい体に対して、もっといろいろなことをしたいという欲望をじんわりと抱いた。

「いやいやいやいや」

悟はブンブンと首を横に振った。

ふみは自分を信頼してくれている。たぶん。それを、いっときの欲望で台無しにしたくはなかった。

「ところでお前、休日に子供を遊びに連れて行くときって、どういうところに行ってる？」

気を取り直して、川中に尋ねた。

ふみには、まともな親がいる子供なら当然あるような思い出がない。この前の動物園は終始楽しそうにしていたし、悟も楽しかった。ふみにとっての『初めて』を、もっと一緒に体験したい。

「動物園とか」

「それは行った」

「屋外のアスレチックとか」

「参考にならないご意見をありがとう」

「お前なあっ！」

川中がギャーギャーと文句を言いだしたのを聞き流しているうちに、車は目的地に着き、悟は頭を仕事モードに切り換えた。

2

約束の日曜日になった。

「宇宙を見に行こう」と悟に言われたので、てっきりプラネタリウムに行くのだとばかり思っていたら、美術館に行くのだという。

どっちにしろふみは初めてだし、べつにいいのだが、あまりに前衛的な絵だと理解できなさそうで少々不安だ。

美術館は丸《まる》の内《うち》にある、日本を代表する近代洋風建築のビルの一階にあった。

「ここは、東洋の古美術品が集められた美術館でね。絵画や彫刻、陶磁器なんかが展示されているんだ」

古美術品。

なにやら難しそうで気後れしてきたが、悟は長い脚でさっさと先へ進んでしまう。

チケットを買って、なかに入ると、広くて豪華なロビーがあった。

点在するソファに座っている観覧客は、モデルルームにやってくるお客さんたちより一回りは年上な感じだ。

ロビーの右、第一展示室に入ってすぐのところには、日の出の情景を描いた日本画が掛かっていた。墨一色で描かれた山々の向こうに、真っ赤な太陽が浮かんでいる。

綺麗だな、と素直に思った。

「あ、可愛い」

日の出の隣にあるウサギの掛け軸を見たときは、思わず声に出して言ってしまった。

白いウサギと黒いウサギが仲良く寄り添っている。ふわふわとした毛並みや、長い耳の内側に毛細血管が走りピンク色に見えるところなど、まるで本物みたいだ。

この分なら、思ったより楽しめそうだなと思ったが、第二展示室に入った辺りから雲行きが怪しくなってきた。

黒板消しくらいのサイズの古そうな塊を見て、ふみは首を傾げる。

「……悟さん、これなんですか」

「硯《すずり》だな」

「硯」

小学校の書写の時間に使った記憶がある。

硯を使って書いた字や絵が展示されるならわかるのだが、硯自体が展示される意味がわからない。絵ではなくパレットが展示されていたら、おかしいだろうに。

続いて入った第三展示室はロビーと同じくらい広く、主に茶道具が展示されていた。

これがもう、全然わからない。歪《いびつ》だったり、ヒビが入っていたり。どれもこれも、古そうではある。時折、重要文化財、などと書いてあるから、たぶん重要なんだろう。

しかし目が滑る。

悟がそれほど時間をかけずに、スイスイ進んでくれるのがありがたかった。

最後の第四展示室は、小さな部屋だった。

真ん中の展示台に、茶碗がひとつ置かれている。それを見てふみは、目を見開いた。

第三展示室にたくさん並んでいた、薄茶色や黒褐色の茶器とは全然違う。茶碗の内側全体に、油を垂らしたような斑《まだら》の紋があり、その周囲に青色の光彩が現れている。

「綺麗……」

ふみは、その価値も知らず、茶碗に見とれた。

茶碗自体が輝きを放ち、星が瞬いているようで、なるほど、これは『宇宙』だ。

しばらく見つめてから、壁に説明書きが貼ってあるのに気付き、そちらへ視線を向けた。

『国宝　曜変天目茶碗《ようへんてんもくちゃわん》』――完全な形で残っているのは、日本国内にある三碗のみ。輝きが特に美しい本作は、江戸幕府第三代将軍徳川家光《とくがわいえみつ》から春日局《かすがのつぼね》に下賜されたといわれているのだという。

「宇宙だろ?」

隣に立っていた悟が、いたずらっぽい顔をして言った。

「宇宙です」

ふみは、うんうんと頷いた。

「私、国宝って初めて見ました」

「それはよかった」

悟が目尻に皺《しわ》を作って、笑う。

美術館を出たあとは、一度駐車場から車を出し、東京《とうきょう》駅の八重洲《やえす》側にまわって高級ホテルの二十八階にあるラウンジへ行った。

入ってすぐのところには大きなシャンデリアがあり、案内された席の横にある窓のはるか下には、東京駅が見えた。

その辺のカフェとは全然違う雰囲気に、ふみは落ち着かない。

「アフタヌーンティーふたつ」

悟は慣れた様子で注文した。

ふみはアフタヌーンティーというものがある、という知識はあるが、実際に体験するのは初めてだ。

飲み物を聞かれ、紅茶を頼もうとしたら十種類以上あって内心オロオロしてしまった。適当にダージリンを指差して、お願いする。

「あの……無粋なことを聞きますけど」

店員が離れてから、悟に顔を近づけた。

「うん？」

「ものすごく、お高いのでは」

「そんなでもないし、俺の子守代だから気にしないでくれ」

絶対そんなでもあると思うが、ピアノの生演奏が流れる優雅な空間で財布からお金を出して押し付けるのもはばかられる。

ふみは開き直って、楽しむことにした。

おそらくこの一食で、ふみの一か月分の食費の三分の一はする。ひとりでこんなところに来ることは絶対ないから、これが最初で最後の機会かもしれない。

十分ほど待ち、三段トレーがふたりの前に運ばれてきた。

「わあ……」

一番下の段には一口で食べられそうなアミューズが四種類、真ん中の段にはスコーンが三種類、そして一番上の段にはスイーツが四種類盛られていた。どれも手が込んでいて、とても美味しそうだ。

「ふみがなにが好きかわからなかったから。これならいろんな種類食べられて、お茶も選べるし、いいかなって」

「ありがとうございます」

遠慮せずに真ん中の段に手を伸ばす。スコーンは温かかった。ホロリと崩れて、一緒についてきたクリームを塗って食べると最高だった。

悟は、もりもり食べるふみを見て、目を細めている。

「悟さんて……」

「うん？」

「やっぱりなんでもないです」

「言えよ。気になるじゃないか」

「物好きなひとだなと思っただけです」

「なんだよ、それ」

週末とはいえ、悟は副社長という立場だ。やるべきことがきっといろいろあるだろうに、二回も平社員の自分を遊びに誘ってくるなんて、どうかしてる。

ふみは自分のことを、美人だとも、話がおもしろいとも思っていない。

だから、悟が自分に女として興味があるかも、なんてことは、まったく考えなかった。

「食べないんですか？」

「好きなだけ食べなよ」

「私が、全部食べちゃったら？」

「泣きながらお茶を飲みまくる」

「かわいそうだから、ちょっとはとっておいてあげます」

「それはありがとう」

なにが楽しいのかさっぱりわからないが、自分といるときの悟はだいたい嬉しそうだ。

そしてふみは、笑っている彼の顔を見ていると、胸のなかがむず痒《がゆ》いような、妙な心地になる。

「……悟さん、このスモークサーモンとお蕎麦《そば》のお寿司みたいなの、食べてみてくださいよ。『たか』で出してるのに似てます」

「どれ。あ、ほんとだ」

『たか』の方が美味いな、と悟がまた笑う。

「そういえば、大将の調子はどう？」

「だいぶいいみたいです。あと二、三日でお店を再開したいって、昨日連絡が来ました」

「そっか」

お店が再開されれば、会社が休みの日は仕込みの段階からアルバイトに入る。いまみたいに、悟と一日のんびり会うのは難しくなる。そのことを、ふみは寂しく思った。

二時間かけてゆっくりとお茶してから、ふたりは帰路についた。

車がふみのアパートの前に着いたときには、もう辺りは薄暗くなってきていた。

「ちょっと待って」

降りようとしたふみに言って、悟が後部座席に置いてあった紙袋を手に取る。

美術館を出たところにあったミュージアムショップで、なにやらサッと買っていたようだったがそれだろう。

「はい」

「私にですか？」

ぐいっと押し付けるように渡され、戸惑いながら受け取る。

紙袋のなかには、赤い紐で縛った木箱が入っていた。紐を解いて、ふたを開ける。

「これって……！」

美術館で見た、曜変天目茶碗だ。ただし、質感はまったく違う。

まるで、布のような。

不思議に思って触ってみると、ふにゃりと柔らかかった。まるで、じゃなくて本当に布だ。

「曜変天目茶碗のぬいぐるみだ。可愛いだろ」

「可愛い……ですかね……？」

ふみは茶碗を持ち上げて、鑑定するみたいにまじまじと眺めた。大きさは、本物の曜変天目茶碗とほぼ同じだと思う。それにしても、茶碗をぬいぐるみにするという発想がびっくりだ。

「俺だと思って可愛がってやって」

「俺だと思うのは無理ですね、もうサトルンがいるので」

フトアゴヒゲトカゲがいなくても、茶碗を悟だと思うのはかなり難しいと思う。せめて有機物のぬいぐるみであってほしい。

「……サトルン？」

悟が目をパチパチさせた。いつもより無防備な顔に見えて、ふみはちょっと可愛いなと思ってしまった。

「この前の、フトアゴヒゲトカゲです」

「フトアゴヒゲトカゲに？　俺の名前を？」

「俺だと思って可愛がってやってって、悟さんが言ったんじゃないですか」

なのになぜ悟がそんなに驚いているのか、ふみにはわからない。

「そう、だけど……」

悟は眉間に指先を当てて、天井を仰いだ。

「サトルン……」

「どうかしました？」

「ちょっと待って。一分待って」

「はい……」

眉間に深い皺が寄っている。なにかを噛み締めているような、耐えているような、そんな顔だ。

きっかり一分じっとしてから、悟は大きく息を吐き、改めてふみを見た。

感情を消したらしく、今度は不自然なくらい、表情がない。

「あ、そうだ」

ふみは胸の前で手を叩いた。

「サトルンの水飲み茶碗にしようかな。それなら――」

「――クソッ」

ガッと、少し乱暴な仕草で、悟がふみの両肩を掴む。

えっ、と思ったときにはもう、悟の唇がふみの唇に押し当てられていた。

「んう……っ!?」

抗《あらが》うこともできず、ふみは大きく目を見開いたまま硬直した。

触れ合った唇が、やけに熱い。

ふみにとっては、これがファーストキスだった。しかし驚きが先に立ち、感触を味わうところまでいかない。

どのくらいそうしていたか、キスされたときと同じくらい突然、悟の唇が離れた。

悟は自分のしたことが信じられないというような顔をしている。

「……違うんだ」

「違うんですか」

「いや、違わない、のか……？」

悟が首をひねって考え込む。ふみはどうしていいのかわからない。いまさらながら、悟とキスをしたという実感がじわじわ湧いてきて、顔が熱くなっていく。せっかくなら、もっとちゃんと味わっておけばよかった。

「なんで逃げなかった」

悟の言葉に、かすかに責めるようなニュアンスを感じた。

「え……いまのって、私のせいなんですか？」

「違っ、そういうつもりじゃっ……」

悟は慌てたように首を横に振った。

「俺のせいだ、俺が悪い」

「悪いんですかね……？」

今度はふみが、首をひねった。

突然のことで驚きはしたが、嫌ではなかった。それなのに「俺が悪い」と言われてしまうと、引っかかるものを感じた。

「嫌……では、なかったです」

「ふみさぁ……」

悟はハンドルにすがりつくような格好になった。

「ほんっとに気をつけた方がいいよ。隙だらけだ」

「私に手を出すような物好き、悟さんくらいだから大丈夫ですよ。ただ、どうして急にこんなことをしたのか、理由くらいは聞かせてもらいたいものですね」

ハンドルに頭を預けたまま、悟がチラッと視線をよこしてきた。

「愛おしさが、爆発しました」

「なんで急に敬語なんですか」

悟は小さく溜め息をついて、ゆるゆると首を振った。

「敬語にもなるって」

悟の左手の指先が、ふみの右の頬に触れた。

「……これは？」

「え？」

「嫌じゃない？」

「嫌じゃないです」

今度は左手全体で包むように、ふみの頬に触れてくる。

「これは？」

「嫌じゃないです」

左手はそのままで、右手も伸びてきて、左の頬を包まれる。

「これだと……？」

「嫌じゃ……ないです……」

悟の顔が、ゆっくりゆっくり近づいてくる。

目を閉じたのとほぼ同時に、唇に柔らかいものが押し当てられた。

「ん……」

二度目のキスは、温かく、気持ちがよかった。唇を重ねたまま、目の下を親指でそっと撫でられる。

正しいキスのやり方というものがわからないので、ふみは何度も角度を変えて押し付けられる唇を、ただそのまま受け止めていた。

不思議なもので、柔らかく唇を触れ合わせているだけで、ふわふわした気分になっていく。世のなかの男女がなぜキスをしたがるのか、いままでいまいちわからずにいたが、なるほどこれは気持ちがいい。

うっとりと感触を味わっていると、はむっと上唇を挟まれ、開いた唇の間にぬるりとしたものが入ってきた。

「んうっ……？」

ふみは目を見開いて、びくっと体を震わせた。

大丈夫、というように頬を撫でられ、恐る恐る体の力を抜く。もっと深いところまで悟の舌が入ってきて、口のなかを舐め回してくる。悟の舌は熱く、少しだけざらざらしていた。

「んっ……んん……」

ちゅうっと音を立てて舌を吸われ、鼻先から甘ったるい声を漏らしてしまう。

信じられないくらい、気持ちがよかった。背筋がぞくぞくして、黙って座っていられず、悟の胸にすがりつく。

夢中になって舌と舌を絡め合い、吸い合い、舐め合った。このまま溶けて混ざり合ってしまうんじゃないかと思ったところで、別れるのを惜しむようにゆっくりと、唾液の糸を引いて、悟の唇が離れていった。

「んはぁ……」

頭の芯がぼやけている。唇は開いたままだ。

「そんな顔しないでくれ」

物欲しげな顔になっているのが、自分でもわかった。これ以上悟といると、もっと妙な気分になってしまいそうだ。

「……帰ります」

「……お疲れ様」

ふみは車のドアを開いた。

悟に一礼して、アパートの外階段を上がっていく。

ふみが自分の部屋に入ってドアを閉じるまで、悟は車を出さず、じっとふみの方を見つめていた。


バタンと扉を閉じ、鍵をかけて、明かりをつける。

汚れようがないほど物が少ないので、部屋はいつも通り片付いている。

小さなローテーブルとカラーボックスひとつ、それにシングルベッド。

部屋で一番存在感があるのは、ベッドの上にいるフトアゴヒゲトカゲのぬいぐるみだ。

「サトルン、お土産あるよ」

紙袋から茶碗のぬいぐるみを取り出して、サトルンの顔の近くに置く。

フトアゴヒゲトカゲと、曜変天目茶碗。これほど存在に距離感のあるものもそうないと思うのだが、どちらも主張が強いからか、不思議としっくりきた。

ふみは右手でサトルンの頭を撫で、左手で唇に触れた。

キス、してしまった。

なぜかはよくわからない。一回目は、悟が唐突にしてきた。二回目は、そういう空気だった。

ふにゅっとした悟の唇の感触を思い出す。彼の体に、あんなに柔らかい部分があるとは知らなかった。

悟が自分のことをそういう意味で好きだとは思わない。自分はおそらく、彼の周りにいままでいなかったタイプの人間だ。一時的に物珍しく思っているだけだろう。

ふみだって、悟のことをそういう意味で好きなのかと問われると、返答に困る。だいたい、悟と自分では、立場が違いすぎる。たまたま縁があって今日みたいに遊んだりしているが、正式にお付き合いできるような間柄ではない。

それでもよかった。

ふみは、自分は一生誰とも触れ合うことなんてないのだと思い込んでいた。まともな育ち方をしていない自分に引け目を感じながら誰かと付き合うなんて無理だと思っていたからだ。

それが、触られて嫌じゃない相手とあんなに気持ちがいいファーストキスができたなんて、できすぎなくらいだ。

「……フフッ」

ベッドに横になってサトルンを胸に抱いた。

胸のなかが、ぽかぽかと温かくなった。

3

週が明けて火曜日。

ふみは一日で二件の契約を取った。

「いやーっ、橋下さん、絶好調だね！」

吉川課長が言い、美由紀とひかるがパチパチと手を叩く。

ふみの数字は課の数字だから、皆の表情は明るい。ふみも、社長賞にこだわっているわけではないけれど、営業成績が上がるのはやはり嬉しかった。

「今日はラッキーでした。実質二件で一件みたいなものですから」

今日のお客は、三十代の夫婦とその妻の方の両親だった。子供ができたのを機に、同じマンションの違う階に住もうと考え、モデルルームにやってきたのだという。なにかあれば助け合えるけれど、同居ほど近すぎない。いい距離だとふみも思う。

「これ、ご褒美ってことでもないんだけど……よかったら行っておいでよ」

吉川課長が渡してくれたのは、有名テーマパークの入場チケットだった。

「スポンサーやってる飯田《いいだ》建設さんからもらった招待券で、今月いっぱいで期限切れちゃうんだけど、橋下さん、今週誕生日でしょ。バースデー休暇、取っていいから」

「でも……」

美由紀とひかるも欲しいのではないかと思いそちらに視線をやると、どうぞどうぞと微笑まれた。

たしかに今週、正確に言うと六月二十二日の木曜は、ふみの誕生日だ。

しかし、明日からは副業であるアルバイトがまた始まるため、一日中休めるわけではない。

とは、言えない。

「……ありがとうございます」

と、とりあえず笑顔で受け取っておいた。

家に帰ってから、ふみは改めてテーマパークのチケットを眺めた。

明後日で二十五になるふみだが、生まれてからいままで、一度もテーマパークというものに行ったことがない。

こういうところは、半日でも楽しめるものなのだろうか。

「どうなんだろうね？」

と、サトルンに尋ねる。

サトルンは無表情で曜変天目茶碗から水を飲んでいる。水を飲んでいるというか、ふみが水代わりにザラザラ入れた百均で買ったビー玉を舐めているように見えるだけだが。

動物園なら、半日あれば十分楽しめる。美術館だってそうだった。

そう考えてから、そのどっちも悟と行ったことを思い出した。そもそもがふみは、誰かと遊ぶということを、悟としかしたことがない。

とそのとき、ふみのスマートフォンがブルブルと震えた。止まらないなと思って見てみると、メッセージではなく電話だ。画面に表示されている相手は、隆史だった。

「はい」

『あ、ふみちゃん？　いやー、ごめんごめんっ』

電話の向こうで隆史は申し訳なさそうな声をしていた。

『明日から店を再開しようと思ってたんだけどさ、さっき立ち上がりながらくしゃみしたら、ピキッといっちゃってさ』

「えっ……だ、大丈夫ですかっ!?」

『この前ほどではないから、どうしようかとは思ったんだけど、大事を取ってあと一週間くらい休もうと思うんだ』

「その方がいいです。ゆっくり休んで、しっかり治してくださいね」

『そうするよ』

電話を切ったふみは、ふと考え込んだ。

これで、バースデー休暇は一日休みになった。

悟を、誘ってみようか。

いままでは悟の方から誘ってきたから、ふみから誘うのは初めてだ。ふみはスマートフォンを手に、考え考え、メッセージを打ち込みはじめた。

――今日課長からテーマパークのチケットをもらいました。急ですが、明後日の木曜日、よかったら一緒に行きませんか。

送信。

「ふう……」

これでよし、とベッドにゴロリと横になってから、ふみはハッとした。

仮にも副社長である悟を、平日、しかも二日前に急に遊びに誘うなんて、ものすごく非常識だったのではないか。考えてみるまでもなく彼は普通に仕事の日だろうし、宮間不動産の物件をよく建てている建設会社経由のテーマパークチケットなんてもらい放題で、珍しくもなんともないだろう。

彼が動物園や美術館に誘ってくれたものだから、つい浮かれて馬鹿なことをしてしまった。

ふみは起き上がって、もう一度メッセージを入力しようとしたが、その前にスマートフォンが震えだした。

悟からの着信だ。

急いで出る。

「――はい」

『あ、俺。メッセージ見た』

悟の声は怒っているようではなかったが、ふみは謝ることにした。

「ごめんなさい、つまらないことを言ってしまって」

『えっ？』

「悟さん、お仕事ですよね。自分がバースデー休暇だからつい、他の人も休みみたいに思ってしまって。忘れてください」

『バースデー休暇っ!? 待て待て待て、休む、休むからっ』

「でも……」

悟の慌てように、ふみは戸惑う。

『えーと、ふみのバースデー休暇は、俺のバースデー休暇みたいなものだから』

「そう……ですかね？」

なにを言われているのかいまいちよくわからない。

『つまり、その……働き方改革だよ』

やっぱりよくわからなかったが、それ以上追及するのはやめにした。

悟と、テーマパークに行ってみたかったからだ。

「……楽しみです」

『俺も』

迎えにきてもらう時間を決めて、電話は終わった。

4

ふみの二十五回目の誕生日。空は、綺麗に晴れた。

車で迎えにきてくれた悟と、開園時間に合わせてテーマパークへ向かう。

入場ゲート前に着いたふみは、あまりのひとの多さに驚いた。

「すごいひとですね、平日なのに」

親子連れやカップル、友人グループで辺りはいっぱいだ。

「土日はもっとすごいよ」

話しながら、たくさんある列のひとつに並ぶ。

少しして、ゲートが開いたのか、列が前に進みだした。前のひとに続いて、なかに入る。

「わぁ……」

子供の頃テレビで何度も見た、あの有名な城が、アーケードの向こうに見えた。そんなにミーハーではないつもりだが、心は躍った。

悟も楽しそうに、白い歯を見せている。

「ここに来るのは初めて？」

「はい」

ふみは何度もこくこくと頷いた。

「行くチャンスは一度あったんですけど。小六の頃、地元の篤志家の方から、施設の小学生たちをここに招待するっていう話があって」

「でも行かなかったんだ？」

「『施設の子にはこうしておけば喜ぶんだろ』っていう、上からな感じが鼻について、気に入らなかったんですよね。当時一番仲よかった子が中一で、その子は行けないっていうのも納得いかなかったし」

「それはそうだよな。招待するなら、全員にするべきだ」

それでもふみ以外の小学生は、皆行った。いま考えると、素直に行っておいてもよかったなと思う。

「悟さんは、何度も来たことあるんでしょうね」

ベビーカーに乗っている乳児と元気のいい三、四歳の子を連れた若い夫婦が、ふたりの横を通り過ぎていく。

パークのなかは仲睦《なかむつ》まじい親子連れでいっぱいだ。

「何度もってほどではないかな。ほら、親の仲が最悪だったから。初めて来たのは友達とで、中学に上がってからだった」

人でいっぱいだったアーケードのなかほどから、右へ曲がった。

悟は急いではいないが、ふみの希望を聞くわけでもなく、どこかへ向かって歩いている。なにをしたいか聞かれてもよくわからないから、行き先を決めてもらえるのはありがたかった。

辺りを見回してみると、ティーカップやメリーゴーランドなど、遊園地と聞いてすぐにイメージするアトラクションもあるが、建物のなかに入ってみないとどんな内容なのかわからないものも多い。

辿《たど》り着いたのは、大きなドーム型の建物だった。

「速いの、平気？」

「ジェットコースターですか？　乗ったことがないのでわかりませんけど、たぶん」

「じゃ、宇宙に行ってみよう」

十分ほど列に並んで、エスカレーターを上がる。内部は暗く、十人程度が乗れそうな乗り物がいくつもライトで照らされていて、まるで宇宙ステーションのようだ。

係員に促されるまま、ふみと悟は乗り物の一番前に座った。

安全バーを下げて待っていると、乗り物が動きだした。暗闇へと進んで角を曲がる。すると突然、辺りが一面の星になった。星空のなかを、乗り物はぐんぐん加速していく。

あちこちから歓声や悲鳴が上がるなか、ふみは笑っていた。

「あはははは！」

ワープでもするみたいに、星雲へと突っ込む。右へ左へ進路を変えて爆走していく。星のわずかな明かりだけで、ほぼ真っ暗なため、行き先が全然わからないのがスリルがあっていい。

初めての感覚だが、ちっとも怖くなかった。むしろテンションが上がって、ずっと乗っていたくなる。

隣に悟がいるのも忘れ、目をキラキラさせて楽しんでいるうちに、星間旅行は終わった。

後ろ髪引かれる思いで、建物を出る。

「……めちゃくちゃ楽しそうだったね」

「めちゃくちゃ楽しかったです！」

「それはよかった」

心なしか悟の元気がない。

「どうかしました？」

「いや。次行こう、次」

続いてやってきたのは、鉱山のようなところをトロッコ列車が猛スピードで駆け抜けていくアトラクションだった。並んでいるのは、カップルや友達グループが多く、小さな子はいない。

さっきの宇宙船と違って、並んでいる間も走っている列車が見えて、ふみはわくわくしてきた。人気のあるアトラクションのようで、待ち時間はさっきよりも長かった。三十分は並んで、列車に乗り込む。

「楽しみですね」

「……ああ」

「悟さんは乗ったことあるんですか？」

「中学のとき……う、動くぞ」

悟の表情が、少々引きつっているように見える。

ガコン、と音がして列車が走りだし、ふみは前を向いた。さっきと違って周りは外だから、辺りの様子がよくわかる。まるで本物の鉱山のようだ。

「あはははは！」

トンネルをくぐり、岩肌を掠めるように急上昇して、一気に下る。

体を振り回されながら、ふみはまた声を上げて笑っていた。楽しい。ジェットコースターというものがこんなに楽しいなんて、二十五年間生きてきて知らなかった。

アトラクションは、あっという間に終わってしまった。列車を降りてからも、地に足がついていないような、ふわふわした、不思議な感じがした。

「次っ！　次行きましょう、悟さん——悟さん？」

返事がない。

後ろを振り返ると、悟はベンチに座って膝に肘をつき、頭《こうべ》を垂れていた。

「どうかしました？」

「ちょっと……一休み……」

「もうですか」

早いな、と思ったが、ふみも悟の隣に腰掛けた。

名前のわからないキャラクターの着ぐるみが手を振ってきたので、笑顔で振り返す。

三階建ての白くて大きな船に乗った人たちも手を振ってきたので、そちらにも大きく手を振り返す。

一休みしていても楽しいなんて、すごい。

ふみは初めてのテーマパークを満喫していた。

一方悟はというと、まるで酒を飲みすぎたときみたいにぐったりしている。

「悟さん、もしかして乗り物に酔っちゃいました？」

「いや、んー……」

いつもハッキリした物言いをする悟にしては珍しく、歯切れが悪い。

「……もしかして、速いの苦手でした？」

「そんなことはない」

早口になっている。なるほど。ふみが喜ぶから乗ってくれただけで、速い乗り物は得意ではないらしい。

申し訳なさとありがたさで、胸がいっぱいになった。

「ここって、速くない乗り物もあるんですよね？」

「それはもちろん」

「今度はそういうの行きましょう。のんびりしたのも乗りたいです」

「わかった」

フッと笑って、悟は立ち上がった。

次にやってきたのは、まるでおもちゃ箱をひっくり返したような外観の建物だった。建物の右側には、たくさんのベビーカーが止まっている。

前の人に続いて通路を歩いて行く。周りのひとは、小さな子供連れが多い。赤ちゃんもいる。通路の先に、一台で二十人は乗れそうな船がいくつも並んでいるのが見えた。そのうちのひとつに乗ると、船は滑るように動きだした。

「うわあっ」

目の前の席に座っている子供が、歓声を上げた。隣にいる母親は、微笑ましそうに自分の子を見ている。

ふみも自然と笑顔になる。川の両側で、世界各国の衣装を身に纏《まと》った子供の人形たちが、誰もがよく知っている歌に合わせて、楽しげに踊っている。

ゆっくりゆっくり、船は進む。人形たちは、歌い踊る。

この場にいる誰もが楽しげで、歌の通り世界はどこも平和なんじゃないかと思えてくる。

約十分ののどかな船旅は、始まったとき同様滑らかに終わった。

悟が手を貸してくれて、船を下りた。なんとなく手を繋いだまま、建物を出る。

「よし、次は――ふみ!?」

悟がギョッとした顔で立ち止まり、ふみを見ている。

どうしたのかと思ったら、心配そうに目の下に触れられた。

「どうした」

「え?」

「泣いてる」

そう言われてみると、たしかに視界は滲《にじ》んでいる。

でも、悲しくはなかった。

「よくわからないですけど……」

ベビーカーに乗った小さな男の子と、お姫様みたいなドレスを着てポップコーンの入ったバケットを首から提げた三歳くらいの女の子が、両親に連れられて楽しそうに通り過ぎていく。

物心つく前から施設で暮らしていたふみには、なかった過去だ。

自分を特別不幸だと思ったことはなかった。施設には他の子供たちもいたし、施設暮らしなことが原因でいじめられたりしたこともなかった。

ご飯は三食、毎日同じ時間に出てきた。おやつだって、平等に与えられた。

そう、平等に、だ。

施設にいた子供たち約二十人は、一部例外はあれど職員たちにほぼ平等に扱われ、特別疎まれることもそうなければ、特別可愛がられることもなかった。

「たぶん、子供の私が泣いてるのかなって」

特別扱いされてみたかった。大勢のなかのひとりでなく。

パーク中にいる両親から特別扱いされている子供たちを見て、初めて自分がそう思っていたことに気がついた。

というようなことを、つっかえつっかえ話すと、悟はキュッと下唇を噛んで、一瞬苦しそうな顔をした。

「ふみ」

繋いでいた手を、さらにぎゅっと握られる。

「ポップコーン買おう。何味がいい？」

「味が選べるんですか？」

「一番人気は、キャラメル。あと、チョコレートとか、塩とか、バターしょうゆとか。なんだったら全部買ったっていい」

おどけた顔で言われ、ふみは笑った。

「そんなに食べられません」

ポップコーンは、キャラメル味を買った。それからふたりでお揃いのフワフワした帽子を買った。被《かぶ》るとクマのキャラクターになったみたいでおかしかった。

「他に欲しいものはないか？　ふみが欲しいもの、全部買おう」

悟はやたらと張り切っている。

「そんなこと言って、お姫様みたいなドレスが欲しいって言いだしたらどうするんですか」

「オーダーするさ」

冗談だか本気だかわからないけれど、悟ならやりかねない。

「ドレスはいいです。あ、そうだ、マグカップ買いませんか？」

「マグカップ？」

「いつかまた悟さんが来たとき、ひとりしかお茶を飲めないのは不便だから」

「……そうだな」

噛み締めるように悟は言った。そして食器を扱っているショップに入ったら、なぜかマグカップだけでなく、ご飯茶碗に汁椀、平皿に小鉢と一式買われてしまった。

「荷物、ずいぶん増えちゃいましたね」

「全然余裕。もっと買うぞ」

悟はそう言うが、これらが全部自分の家に置かれると思うと、ふみは少々慎重になる。

「さあ、なにが欲しいか言ってくれ」

さあさあと迫られ、迷ったふみだが。

「あ、そうだ」と、手を叩いた。

「サトルンの服」

「え？」

「小型犬用の服なら、サイズがちょうどいいと思うんですよね」

いろんなお店があるのだから、きっとペット用品を扱うお店もあるに違いない。

そう思って言ったのだが、悟は眉間に指先を当てて、天を仰いだ。

「どうかしました？」

「ちょっと待って。一分待って」

「はい……」

きっかり一分じっとしてから、悟は大きく息を吐き、改めてふみを見た。

「よし、行こう」

悟はふみの手を握って歩きだした。

ペット用品の店では、サトルンの服を五着も買った。その後、食事をしたりショーを見たりしているうちに、だんだんと陽が落ちてきた。

「夜のパレードを待っているんだよ」

通路に敷物を敷いて座っている人たちを見て不思議に思っていたら、悟が教えてくれた。

「私も見たいです」

「じゃ、座って待とう。あと二十分くらいだから」

敷くものは持ってきていなかったから、ふたり並んでベンチに座った。

光るオモチャを積んだワゴンが、ゆっくりと前を通り過ぎていく。

「寒くないか？」

「大丈夫です」

そう答えたが、膝に置いていた手をぎゅっと握られた。

「冷えてる」

悟の手は、温かかった。今日はやたらと手を繋いでいる気がする。

時間が進むにつれ、パレードを待つひとが増えていく。わくわくしているうちに、二十分はすぐに経った。

パーク内の街灯が消され、ワッと歓声が湧いた。

少しして、楽しげな音楽と共に、色とりどりの電球で飾られた大きな乗り物がやってきた。そこには人気のキャラクターたちが乗っていて、しきりに愛嬌を振りまき、手を振ってくれる。

次々とやってくるそれは、どれも夢みたいに綺麗だった。ふみは悟と繋いでいない方の手を何度も振った。

「綺麗ですね」

横を見ると、悟がふみを見て目を細めていた。

「ああ」

今日は一日、ずっと楽しかった。こんなに楽しかったのは、生まれて初めてかもしれないというくらい。

そんな今日が、もうすぐ終わってしまうと思うと、残念でならなかった。

「……帰りたくないなあ」

思ったことが、そのまま口から出た。

グッと、ふみの手を握る手に力がこもった。緊張している空気を感じ、なんだろうと悟を見る。

「部屋を取ってあるんだ」

悟はパレードをじっと見つめたまま言った。

「え？」

「パークを出てすぐのところにあるホテルの。窓からはパークが見える。明日は仕事だから、朝は早く出なくちゃいけないけど、夜はゆっくりできる」

パレードの終わりが近づいている。

男性経験のないふみでも、どういうことを言われているのかは理解できた。断れば、悟はふみを車で家まで送ってくれるだろう。そしてその後もきっと、これまでと態度を変えずにいてくれる。

ふみは自分がどうしたいか考えた。

繋いだ手の温かさが、心地いい。悟にされて嫌なことなど、なにひとつないように思える。このまま家に帰ってさようなら、では、とても寂しい。

「──花火」

「え？」

「花火が見たいです。この後あるって」

「部屋から見えるよ」

ホッとしたような顔で、悟が笑った。

パークを出てすぐのホテル、と悟は言っていたが、本当に目と鼻の先のところにあった。ラウンジでチェックインして、エレベーターで九階に上がる。

悟が取ったという部屋は、リビングと寝室に分かれていて、リビングだけでふみの家くらいの広さがあった。

「すごい……素敵……」

青を基調とした内装は豪華で、まるでパークで見たお城のなかのようだ。そう言ったら、まさにそういうテーマの部屋なのだと悟が教えてくれた。

リビングのカーテンを開けてみる。まだ開園中のパークがよく見えた。お城がライトで照らされていて、とても綺麗だ。

「ふみ……」

窓の外をうっとり眺めていたら、悟に後ろから抱き締められた。

「改めて、誕生日おめでとう」

「ありがとうございます」

そのまま顎を軽く掴んで、後ろを向かされる。

「フフッ」

近づいてくる悟の顔を見て、つい笑ってしまった。

「なに？」

「帽子。似合ってます。可愛いです」

お揃いで買ったクマの帽子を、ふたりともまだ被ったままだった。

「ふみも可愛いよ」

じゃれ合うように軽いキスを交わす。

「パークにいたときから、ずっとキスしたいと思ってた」

窓辺に立ったまま、体の向きを変えて、正面から抱き合う。

「今日はありがとうございました。悟さんのおかげで、本当に楽しかったです」

「誘ってくれたのはふみだろ。俺こそありがとう」

またゆっくりと顔が近づいてきて、ふたりの唇が重なった。柔らかな感触を確かめるように、何度も唇を押し付けられる。

「んん……」

優しいキスは気持ちがよく、ふみは目を閉じてされるがままでいた。

胸がドキドキする。こんなに体が密着していたら、胸の鼓動が悟に伝わってしまいそうだ。

「んふぅ……んぅ……」

唇の狭間から、悟の舌先が侵入してきた。口を開いて、迎え入れる。

悟の舌は、甘かった。お代わりして食べたキャラメルポップコーンの味だ。たぶんふみ自身の舌も、同じ味がしている。

甘いキスに、とろとろと心も体もとろけていく。いつまでもずっとこうしていたいと思った。

「ふみ……可愛い……」

甘い言葉を囁《ささや》かれながら、ちゅうっと舌を吸われ、舌の先で上顎を舐められる。口のなかが全部気持ちよくて、ふみはもう立っているのがやっとだ。

「あ……」

フラついたふみの背中を、悟が支えてくれる。

「……ベッド、行こう」

悟に抱えられるようにして、寝室へ移動した。

ふたつ並んでいるベッドは、ふみの家のベッドの倍は幅がありそうだ。

悟は布団をめくり、ふみごとシーツの上に横たわった。

「あ……」

視界がぐるりと回って、天井から下がっているシャンデリアが見える。

「……無粋なことを聞きますけど」

「なに？」

首筋にキスをされて、ビクッと震えてしまう。

「このお部屋、もしかしてものすごくお高いのでは」

いまさらながら気になってきた。

「そうでもないし、今日はとことんふみを特別扱いするって決めてるからいいんだ」

誰かに特別扱いされるなんて、初めてだ。

抱き締められ、悟の胸に顔が埋まった。悟の胸の鼓動が耳に伝わってくる。落ち着いて見える彼だが、心臓が拍動するリズムは速い。少しは自分と同じように緊張しているのかと思うと、なんだか安心した。

つむじに何度か唇を押し当てられ、ふみは目を閉じた。

彼に触れられるところは、どこも気持ちがいい。

優しい唇は、ゆっくりと下りてきた。閉じた瞼、こめかみ、頬と伝っていき、唇に重ねられた。ふにふにと何度も押し当てられ、ふみはふわふわした気分になった。

「んん……あはぁ……」

うっとりとキスの感触に浸っている間に、悟の右手はふみのシャツのボタンをプチプチと上から外していた。

「あっ――」

胸元を開かれ、ふみはハッと目を開いた。

「初めて？」

そう尋ねられ、こくりと頷く。

「気持ちいいことしかしないから、大丈夫」

ブラジャーに包まれた胸の谷間にキスされた。恥ずかしいけれど、気持ちがいい。

「背中上げて……」

悟の手が背中に回ってきたかと思うと、ブラジャーの金具をプチッと外された。思わず彼にしがみつくと、唇を重ねられた。

押さえをなくし、脇へ流れた胸を、悟の手が寄せ上げてくる。

「ふっ……ん……」

重ねた唇から、小さく声を漏らしてしまう。体中が敏感になっているのがわかる。悟の触れているところから、甘く切ない疼《うず》きがじんわりと広がっていく。

「んあっ……！」

キュッと乳頭を摘まれ、そこからビリッと電気が走った。大きな声を上げてしまい、恥ずかしくて頭がどうにかなってしまいそうだ。

声を殺そうと、ふみは下唇をグッと噛み締めた。

「声、我慢しないで」

悟の指が、ふみの唇を開いてしまう。

「俺しか聞いてない」

「悟さんに聞かれるのが恥ずかしいんじゃないですか……ああっ」

今度はチュウッと乳首に吸い付かれ、ビクンッと体を震わせてしまった。

「可愛い」

悟は楽しそうだが、ふみは初めての感覚でいっぱいいっぱいだ。悟の手の動きは徐々に遠慮がなくなってきていて、乳房に指先が食い込んでいる。

愛撫されている胸全体が、カッカと火照っていた。体から力が抜け、指一本すらうまく動かせない。

ふみに家族はいない。恋人ができたこともなかったから、自分がこんなにスキンシップに弱い人間だとは、いままで知らなかった。

「ちょっと待って」

悟は一度体を起こし、バサッと上に着ているものを脱ぎ捨てた。

悟の裸は、一度見たことがある。『たか』で泥酔した彼を家に泊めたときだ。あのときも思ったが、細く見えて、案外鍛えている。引き締まったいい体だ。

ふみも絡み付くように残っていたシャツとブラジャーを取り去られ、上半身を裸にされた。

悟が覆い被さってきて、優しく抱き締められる。

「はぁ……」

直に感じる肌の感触や体温、重みが、たまらなく気持ちよかった。このままずっとこうしていたいくらい、ふみの心は一瞬で満たされた。

悟はしばらく動かず、そのままでいてくれた。おかげでふみは、初めて味わうひとの肌の感触をたっぷり堪能することができた。

「気持ちいいです……」

「もっと気持ちよくなるよ」

悟の右手がスカートのなかに入ってきた。ショーツの上から大事なところに触れられ、反射的に脚を閉じる。

「あっ」

「怖がらないで」

悟の手がショーツのなかに入ってきた。繁《しげ》みを掻き分け、指先が割れ目に当たる。

ぬるりと、悟の指先が滑ったのがわかった。

まだほとんどなにもしていないのに、自分の体がしっかり反応してしまっているのを思い知らされ、恥ずかしくて悟の肩に顔を埋める。

ぬるぬると割れ目をなぞられ、背中がぞくぞくした。一番敏感な突起を指先で軽く引っ掻くようにされ、じっとしていられなくなる。

「あっ……んううっ」

「気持ちよさそうだ」

何度も同じ動きを繰り返され、ふみはビクッと背中をのけぞらせた。気持ちがいいというか、股間から電気が流れてきているみたいだ。ビリビリとした刺激が強くて、悟の背中に爪を立ててしまう。

「あっ、んあっ……！　うぅん、んんっ……」

少し休ませてもらいたいのに、感じすぎて言葉が上手く出てこない。

悟はしばらく一定のリズムを保って肉芽をいじっていたが、やがて割れ目のなかをツーッと下がっていき、まだ誰も侵入したことのない秘苑《ひえん》の入り口に指先を当てた。

「あっ……!?」

「力を抜いていて」

入ってくる。ゆっくりとふみのなかに、悟の中指が。

痛みはなかった。ただ異物感は強烈だったし、自分でも触れたことのないところに悟が触れていると思うと、頭がおかしくなりそうだった。

「キツいな……」

悟が呟く。なかの感触を確かめるみたいに、埋めた指を回したり、軽く抜き差ししたりしてくる。

「んあっ……ああんっ！　いやっ……あ、あああっ」

ふみは顎を跳ね上げて大きな声を上げた。

「大丈夫だから、力を抜いていてくれないか」

そんなこと言われても、うまくできない。どうしても下半身に力が入ってしまい、なかにいる指を締め付けてしまう。すると悟は、中指を深く埋めたまま、親指で肉芽を愛撫しはじめた。

「あっ、ああぁっ！　そこはぁっ……！」

「可愛い、ふみ」

悟が深く口付けてくる。口と脚の間の両方からクチュクチュと粘りけのある音が聞こえてきて、死ぬほど恥ずかしい。

「んむぅ……んっ、んうっ、やっ、だめ……」

自分の意思とは無関係に、腰が揺れてしまう。まるでもっとしてくれとねだっているみたいで、なおさら恥ずかしくなる。体の奥からなにかがせり上がってくる感覚に、ふみは怯えた。

「可愛い、ほんと可愛い、ふみ」

ずるーっと、悟の指がなかから抜けていった。

ふみはホッとして大きく息を吐いた。力の抜けたふみの脚から、濡れてしまったショーツが引き抜かれる。スカートも脱がされ、生まれたままの姿にされてしまった。

次はきっと悟も着ているものを全部脱いで、脚を割ってくるのだろう。

二十五年間守ってきたからといって、処女を特別大事にしていたわけではない。それでも、いよいよと思うと感慨深かったし、痛みが怖い気持ちもある。

ふみは緊張で体を強張らせた。

「まだしないよ」

「え？」

「ふみの体の準備がもっとできてからだ」

悟が改めて覆い被さってきて、ふみの両脚を軽く開かせた。悟を迎え入れるための場所は、すでに濡れそぼっている。そこに、また指先があてがわれ、ゆっくりゆっくり入ってきた。

「ん……んうっ……？」

さっきよりキツい。強い異物感に、ふみは眉を寄せた。

「痛い？」

「痛くは……ない、です……」

いっぱいに押し広げられている感覚はある。どうも指を二本入れられているようだ。悟は根元まで指を入れてジッとしている。ふみが無理をしていないか、観察しているような目だ。

ふみが落ち着いているとわかると、悟は指を二本深く埋めたまま、再び肉芽を愛撫しはじめた。

「あっ……！」

下腹部にグッと力が入り、自分の体内に悟の一部がいるのだと思い知らされる。

蜜液で濡れた親指は、小さな円を描くように何度も肉芽を撫でてくる。

「うあっ……ああっ、だめぇっ……！」

ふみは真っ赤になった顔を、何度も横に振った。甘ったれたような喘《あえ》ぎ声を上げてしまうのが恥ずかしくてたまらないのに、口を閉じることができない。

悟は同じリズムで右手を使ったまま、頬やこめかみに何度も唇を落としてくる。汗ばんだ首筋や胸の谷間も、舌で舐められた。

「はうっ……いやあっ……ああぁ」

触れられているところがすべて怖いくらい気持ちがよくて、わけがわからなくなってきた。ほんの小さな刺激でも過剰に拾って、ガクッガクッと腰が震えてしまう。自分で自分が制御できなくなる感覚に、ふみは怯えた。

「んああっ……やっ、きちゃうっ……！」

お腹の奥から、なにかがせり上がってくる。切ないような狂おしいような気持ちになり、目尻からぽろぽろと涙の粒が落ちた。

「大丈夫だから、そのままイッてみよう」

優しく言われた直後、ふみの体は快楽の波に飲み込まれた。

目の前が真っ白になり、開きっぱなしになった唇がワナワナと震えた。死ぬほど気持ちがよくて、羞恥心はどこかへ飛んでいった。

「ふあぁ……あ、あぁ……」

絶頂の余韻で体をピクピクさせているふみの額に、悟がキスをした。

「上手にイケました」

こういうことに上手とかあるんだ、と少し笑ってしまった。

くったりと力の抜けたふみの脚の間から、悟の右手が離れていく。空っぽになったそこがなんだか寂しくて、膝と膝を擦り合わせる。

しかしもちろんこれで終わりなんてことはなくて、悟は下半身も裸になって、ふみの脚を割ってきた。

「あ……」

いよいよと思うと、本当にちゃんとできるのか不安になる。

「ゆっくりしよう」

ふみの頬をそっと撫でてから、悟はコンドームの小さな袋をどこからか取り出し、自身に装着した。

熱くて硬いものが、さっきまで悟の指が入っていたところに押し当てられる。

悟はすぐに入ってはこなかった。彼のものの先端に愛液をまぶすように、割れ目をなぞっている。

ふみはさすがに緊張していたが、意識して体の力を抜き、ゆっくりと大きく呼吸をした。

悟はじっとふみの様子を観察し、息を吐ききったタイミングで、じわりと分身を埋めてきた。

「んあっ……！」

あそこが開かれる感覚に、大きな声を上げてしまう。たぶんまだ先の方しか入っていないだろうに、指とは比べものにならないくらいの異物感だ。

たっぷりと潤っているからか、痛みはなかった。ただ、狭いところを硬いもので開かれているという生々しい感覚があった。

悟はしばらく動かずふみをじっと見ていたが、大丈夫そうだと見てとったのか、ふみの脚を抱え直し、またグッと腰を押し付けてきた。

「あぁっ、あっ……！」

「半分入った」

あそこに力が入ってしまい、なかにいる悟をキツく締め付けてしまう。その感触がよかったのか、悟は、はぁ、と気持ちよさそうに息を吐いた。

悟が何度も腰を押し付けてくる。ズッ、ズズッ、と一センチ刻みで彼が深いところまで入ってくるのがわかり、狂おしい気持ちになる。

「さ、悟さっ……んああっ」

「もうちょっと、だから……」

さすがに苦しくなってきたところで、悟の動きが止まった。

「あ……全部……？」

「うん、入った」

たっぷり時間をかけてくれたおかげか、噂に聞いていたほど痛くはなかった。

体の内側をぎちぎちに埋められているのがわかる。自分のなかに悟がいると思うと、なんだか不思議な気分になった。

「入るものなんですね……」

ふみは自分の下腹部をそっと撫でた。この手の下に、悟がいる。

「つらくない？」

なじむのを待ってくれているのか、悟は腰の動きを止めている。

「大丈夫です」

悟は右手を伸ばして、ふみの頬を撫でてきた。ふみが無理をしていないことは伝わったようだ。

「動かないんですか？」

「動かなくても気持ちがいいよ」

「ずっと？」

「もうちょっとしたら動くよ」

頬を撫でていた手が下りてきて、乳房を撫でる。そして脇腹を撫で、下腹部へ下りてきた。

「あっ……！」

親指で肉芽を刺激され、ふみはビクッと震えた。あそこがギュッと収縮し、異物感が強くなる。

「可愛い、ふみ」

悟が上半身を倒してきて、ふみの開いた口にキスしてきた。舌を絡め取られ、チュウッと吸われて、気持ちがよくなる。

「んん……ぁん……んあん……」

悟はまだ腰を動かさない。濃厚なキスと肉芽への刺激で、粘つくような甘い痺れがお腹の奥からじわじわ広がってきた。さっき指を入れられたままイッたように、このままでは悟のものを深く受け入れたままイッてしまいそうだ。

そう思ったら、肉芽への愛撫とディープキスを続けたまま、悟がじわりと腰を使ってきた。ゆっくりと半分ほど引き抜き、また根元まで埋め込んでくる。

「んあっ……あ、はぁっ……あっ、ああっ」

ゆっくりと一定のリズムで突き入れながら少しずつ入れる角度を変えてくる。どこをどう刺激するとふみが感じるのか、探っているようだ。

「やっ……そこだめっ……」

「ここがいい？　わかった」

同じところを優しく、しかし確実に、なかに入れたものの先端で突かれ、逃げ出したいような、もっとしてほしいような気分になる。

お腹がヒクヒクと痙攣《けいれん》している。なかから愛液が掻き出されて、お尻の下を濡らした。

涙の膜が張った目で見上げると、悟は歯を食いしばるようにして、ふみに熱い視線を注いでいた。優しく丁寧に接してくれているからといって、悟に余裕があるわけではなさそうだ。

胸が熱くなり、ふみは悟の背中に手を回して、ギュッと抱きついた。

「ふみ……？」

「もっと、して」

「――クソッ」

一気に余裕をなくし、悟はぐいぐいと腰を使いだした。悟の荒い息が顔にかかる。いつだって飄々《ひょうひょう》としていた彼が、こんなに必死になって自分を求めてくるなんて。ふみは感動してしまった。

「あっ、すごっ……んはぁっ、あああっ」

悟がふみの太股を抱え直し、ガツガツと突いてくる。

激しくされても、痛みは感じなかった。貫かれたところから湧き上がった快楽が、波打つようにして全身に満ちていく。

「ややあっ……あ、もうっ……ひっ、あああっ！」

ふみは涙を流して、悟の肩に爪を立てた。目の前が真っ白になり、体中が指の先まで多幸感でいっぱいになる。

「あ……あっ……あぁ……」

びくびく震える体のなかで、悟のものが脈打ったのがハッキリとわかった。

「ふみ……」

汗まみれになったふみの体を、悟がきつく抱き締めてくる。彼の匂いに包まれたまま、ふみは呼吸が落ち着くまで悟の肩に額を擦り付けていた。


翌朝ふみが目を覚ますと、悟の姿は隣になかった。体を起こして自分を見下ろすと、ホテルのパジャマを着ていた。悟が着せてくれたんだろうか。

扉の向こうから、いい匂いがする。

ふみはベッドから下りてリビングへ行った。

リビングのテーブルは、スープやサラダ、焼きたてらしきパンにオムレツ、ベーコンなどで

いっぱいだった。悟がルームサービスで朝食を頼んでくれたらしい。

悟は脚を組んで椅子に座り、新聞を読んでいた。

「おはよう」

新聞から顔を上げて悟が挨拶してくる。悟は清々しい顔をしている。夜の空気を引きずってはいなかった。

「……おはよう、ございます」

窓からの朝日が眩《まぶ》しい。そういえば、昨夜は花火を見そこなってしまった。

「温かいうちに食べよう」

「はい」

ふみは悟の向かい側に腰掛けた。

いただきます、とさっそく朝食を摂りはじめる。壁の時計を見ると、いつも起きている時刻より一時間は早い。ゆっくり朝食を楽しんでから家に送ってもらっても、会社には十分間に合うだろう。

「よく眠れた？」

「……はい」

ふみを見る悟の目が優しい。優しすぎて、少々気恥ずかしい。

「あの、昨日は……いまもですけど、ありがとうございました」

「うん？」

「あんなに楽しい誕生日は初めてだったから」

「でも俺としたことが、誕生日のケーキを忘れていた」

「もう十分です」

と、ふみは笑った。

生まれて初めて、特別扱いしてもらった。誰かと抱き合うことの気持ちよさも教えてもらった。昨日の一分一秒すべてが、ふみにとって大事な一生の思い出だ。

だからといって、悟と付き合うとか、そういうことは考えられない。悟だってそうだろう。

そもそも悟に限らず、ふみには誰かと付き合うという考えがない。

悟は副社長という立場のひとだから、バツイチとはいえ、すぐにでもまた良縁に恵まれるはずだ。それをまったく寂しいと思わないと言えば嘘になるが、昨日の思い出があれば、この先ひとりでも生きていける。

ふみは満たされた気分で、二杯めのコーヒーを入れた。

第五章

1

「聞きたいか、川中」

席についていた悟は、副社長室に入ってきた川中に向かって、身を乗り出した。昨日のことを誰かに喋《しゃべ》りたくて、うずうずしていたのだ。

「いや、べつに」

川中は気のない返事をした。仕事の話ではない雰囲気を悟られたようだ。

金曜の昼過ぎだった。悟は昨日、急遽《きゅうきょ》休暇を取った。誰とどこに行っていたかは特に話していなかったのだが、だいたい想像がついてしまうらしい。

「なんでだよ！　聞けよ！」

「下心はないんじゃなかったのかよ」

そう言われ、悟は一瞬うっと言葉に詰まった。

「……昨日の午前中くらいまでは、誓ってなかった」

「お前があいう素朴なタイプの女に手を出すなんて、珍しいな。仕事のできる有能な女ではあるが」

川中は、大学時代から悟のことを知っている。

整った容姿と明るい性格、大きな会社の御曹司という将来性ある立場から、悟はよくモテた。悟が自分から口説かなくても女性の方から寄ってくることがほとんどで、そういう女性は自分に自信のある、華やかなタイプが多かった。

「擦《す》れてなくて、芯が強くて、笑うと可愛い」

「ベタ惚れだな。それで、どうするんだ？」

「なにがだ？」

「社長が彼女との結婚を認めるとは思えないんだが」

そう言われ、悟は再びうっと言葉に詰まった。

「……昨日の今日で、まだそこまでは考えてない」

お見合いで一緒になった元妻は、取引先の令嬢だった。次の結婚も、親には会社にメリットのある相手であることを期待されるだろう。

悟と川中は、大学の建築科で出会った。ゼミが同じだったことから親しくなり、高三の夏までは動物生態学学科のある大学を志望していたことを話した。

急に進路変更をしたのは、中堅デベロッパーである宮間不動産で社長を務めている父親が、脳梗塞《のうこうそく》で倒れたからだった。

体が弱った親の懇願に、悟は折れた。

このときは苦渋の決断だった。しかし建築科の勉強はおもしろく、そのあと入ったいまの会社の仕事も性に合っていると感じている。なにもない土地に自分の企画で建物が出来上がっていくことにはやりがいを感じるし、なにより宮間不動産にいるからこそふみとも出会えた。

「一度折れたからそのあとも突っぱねるのは難しくなって、社長の親友の娘との結婚も受け入れたんだろ。この先も、お前はなんだかんだと親の意向には従っちまうんじゃないのか」

「そんなことはない！」

仕事はなんとか上手くいっているが、親に勧められた結婚は、結局上手くいかなかった。

一度痛い目を見ている以上、人生における大事な決断で、そう簡単に親の言うことを聞く気はない。

「彼女が泣かないで済むことを祈ってるよ」

ふみのことは、当然真面目に考えている。

ただ、急ぎたくはなかった。ふみの心や暮らしを乱したくない。ゆっくりと、自然なペースで付き合っていって、その先に結婚という形が見えたらそのときに、と思っている。

「……もっと素直に祝ってくれ」

駄々をこねる悟の後頭部をペシッと書類で叩いて、川中は仕事に戻った。

2

六月二十八日水曜日。

ふみの不動産鑑定士の短答式試験の合否が発表された。

「──カンパーイ！」

営業を再開した『小料理屋　たか』で、隆史と悟、それから川中とふみで、乾杯をした。

「いやあ、めでたい！　今日はふみちゃんの分と副社長たちの一杯目は俺の奢《おご》りだから、じゃんじゃん飲んじゃって！」

「ありがとうございます」

腰の調子がよくなって、ようやく店を再開できたこともあり、隆史はすこぶる機嫌がいい。

一方ふみは、まだ一次試験に受かっただけなので、喜びも半分くらいだ。酒には強く、ビールならいくらでも飲めるけれど、二、三杯でやめておこう。

「二次試験はいつだっけ？」

悟が尋ねてくる。

「八月五日です」

二次試験は論文形式で、一次試験より難しくなる。あと一か月ちょっと、しっかり勉強に励まなければとふみは気を引き締めた。仕事は仕事で忙しいし、アルバイトもあるからしばらくは遊んでいられない。

のだが。

「次の休みはいつ？」

にこにこしながら、悟が聞いてくる。

「会社もお店も休みの日は、七月いっぱいはないですね」

そして八月以降は、まだシフトが決まっていない。

「そっか。大変だな」

「はあ……」

ふみはなんだか落ち着かない気分になった。

悟の、ふみを見る目が甘いのだ。隆史も川中もいるなかでそんな目で見られると、どうしていいかわからなくなる。

もう特別扱いしてもらえる誕生日は終わったのだから、できれば普通に接してもらいたかった。

自分のグラスにサーバーからビールを入れ、きゅーっと一気に半分飲む。

「俺にももらえる？」

悟がカラのグラスを持ち上げた。受け取って、なみなみと二杯目を入れて手渡す。川中の方はと思って彼のグラスに視線をやると、まだ半分も減っていなかった。

川中の自分を見る目にも、なにか含むものがありそうで、なおさら落ち着かない。悟からなにか聞いているのかもしれない。

川中と悟は閉店まで『たか』にいた。

まだ電車のある時間なので、ふみは終電で帰るつもりだったが、悟がタクシーで送ると言い張るので、一緒に乗ることにした。

メーターがふたつ上がったところで、タクシーはふみが住んでいるアパートの前に着いた。

「ありがとうございまし――えっ」

お礼を言ってタクシーを降りたら、悟も降りてしまった。

タクシーが走り去っていく。

「……お茶でも、飲んでいきます？」

「ありがとう、いただくよ」

悟が邪気のない顔で笑う。前回ふみの家に上がったときのように酔ってはいないようだ。

ふたりで家に入り、ふみはすぐにキッチンでお湯を沸かした。

マグカップをふたつ出す。ひとつはいつも自分が使っているもの、もうひとつはこの前パークで購入したものだ。両方にティーバッグを入れて、お湯を注いでリビングに持って行った。

「お茶、どうぞ」

「ありがとう」

悟はベッドの脇にいるサトルンの背を撫でていた。サトルンは、この前パークで買った水玉模様の服を着て、ビー玉の入った曜変天目茶碗に口をつけている。

「こいつ、めちゃくちゃ可愛がられてるな」

「俺だと思って可愛がれって、悟さんが言ったんじゃないですか」

「そうだけど」

妬けるな、と真顔で言って、マグカップを手にした。

「悟さんも飼ったらいいじゃないですか。フトアゴヒゲトカゲ。の本物」

ペットとして一般家庭でも飼えると言っていたのは悟だ。

「一人暮らしで、世話しきる自信がない」

悟がフトアゴヒゲトカゲのしっぽを握って振り回した。

「ちょっと、サトルンいじめないでくださいよ」

取り返してよしよしと撫でると、悟はわかりやすく口をへの字にした。大人げない。

ふみはマグカップに口をつけながら、壁の時計を見た。

明日は土曜だから悟は休みなのかもしれないが、ふみは普通に仕事へ行く日だ。一時間後にはベッドに入っていたいし、その前にはシャワーだって浴びたい。

しかし悟には、帰る気がないように見える。いつのまにかジャケットも脱いでしまっているし。

「……悟さん」

「なに？」

「私明日、仕事なんですけど」

「俺は休みです」

「そうですか」

遠回しに言っては、話が通じないようだ。

「それ飲んだら、帰ってくださいね」

「ええぇ……」

泊めてくれないのか、と落胆した顔をされた。それがちょっと可愛かったので絆《ほだ》されそうになるが、ぐっと堪《こら》える。

「このベッド狭いから。しっかり眠れないと、明日の仕事に響きます」

こう言えば上司である悟は「わかった」としか言えなくなる。

「……わかったよ」

ほら。

安心したような、少しだけ残念なような気分になった。

悟を泊めてしまえば、きっとまた体を重ねることになる。ふみはそれがイヤだった。

経験豊富な悟にはわからないだろうが、誕生日の夜のことは、ふみにとって特別で大切な一回なのだ。キラキラ輝いている、素敵な思い出だ。二回、三回とずるずるいって、その大事な一回を、しなきゃよかったものにしたくなかった。

悟にとって自分は、いままで周囲にいなかったタイプの女なのだと思う。物珍しくて、ちょっとおもしろかった。それだけだと思うし、それでいい。

幸いなことに、不動産鑑定士の二次試験の勉強があるし、店が再開してアルバイトも忙しい。悟について考えていられる時間も減る。

「じゃ、もう行くよ」

悟が紅茶を飲み干して立ち上がった。

ふみはサトルンを抱いて、玄関まで見送った。

「おやすみなさい」

「ん」

靴を履いた悟が、指でツンと自分の唇をつついて、キスをせがんでくる。

たっぷり十秒考えて、ふみはフトアゴヒゲトカゲのぬいぐるみの口を悟の唇に押し当てた。

「んむ……？　お前じゃないっ」

文句を言いながらも、悟は大人しく帰っていってくれた。

3

七月最初の月曜日の午後。

ふみは吉川課長と一緒に、宮間不動産本社にやってきた。半期に一度行われる、社長賞の授賞式に出席するためだ。

社長賞は営業の場合、全国の上位五名が金一封をもらえることになっている。ふみは上半期、ギリギリ五位に滑り込んだ。

社長賞をもらうのは初めてだ。本社に来たのは二回目。一回目は、契約社員から正社員になる手続きをするために来て、総務を訪ねた。

日本橋《にほんばし》にある二十階建ての自社ビルの十階から上が本社で、授賞式が行われる大会議室は十一階。三階まで吹き抜けになっている、一階の立派なロビーに入った辺りから、ふみは緊張してきた。

改札口のような入り口に社員証をピッと当ててなかに入り、エレベーターで十一階に向かう。

大会議室にはすでに、大勢の社員が集まっていた。ふみは後ろの方で大人しくしていようと思ったが「受賞者は前だ」と吉川課長に言われてしまい、渋々周囲に頭を下げながら最前列まで行った。

社長を待ちつつ、他の受賞者たちの様子を窺う。

上半期の営業の社長賞は、男性が三人に女性がふたりのようだ。ふみ以外はいかにも営業という感じで、華やかな雰囲気を持っていて、一話しかけたら十言葉が返ってきそうだ。

少しして、大会議室の入り口のドアが開いた。なかにいた皆の背が伸び、空気がピシッと引き締まる。

入ってきたのは、社長と、その背中を守るように寄り添っている悟だった。

中途採用のふみは、入社式に出ていないので、写真ではない実物の社長を見るのは初めてだった。七十代だと聞いていたが、顔は若々しく、白髪交じりの髪は量が多い。

ただ、杖を突いている。

悟から、愛人のマンションに入り浸りだったと聞いていたから、脂ぎった感じの風貌を勝手に想像していたのだが、こうして間近で見る社長はすこぶる真面目そうだ。悟は母親似なのか、ふたりの顔はあまり似ていない。

「――上半期、優秀な成績を収めた諸君らに……」

落ち着いた低い声だ。

ふみは社長の斜め後ろに控えている悟をそっと見た。悟は社員たちではなく、社長の背中をじっと見ている。社長になにかあれば、すぐさま手を差し伸べられるような距離感だ。

悟は社長の息子で、副社長なんだと唐突に思った。

そんなことはわかっていたはずなのに、いま初めて知ったような気分だ。たかだか五メートルほどの距離が、どうしようもないほど遠く見える。

悟があまりにも親しく接してくれるから、立場の違いを忘れかけていた。

「――来期の活躍も期待している」

社長の話が終わった。隣の社員に倣って、深く頭を下げる。

続いて、成績一位だった男性社員が前に出て、下半期の抱負を話しはじめた。皆神妙な顔で話を聞いている。

ふみは目だけ動かして、チラチラと悟の様子を窺っていたが、結局最後まで、彼とは目が合わなかった。

その日の午後九時。

悟は小ぶりな可愛い花束を持って、『たか』にやってきた。

「というわけで……社長賞、おめでとう！」

悟と隆史、そしてたまたま来ていた常連客のサラリーマン三人組で乾杯をした。全員の分が、悟の奢りだ。

「いやー……しかし、ふみちゃんはホントすごいよ。勉強にバイトまでしてるのに、ちゃんと仕事で結果出してさ」

隆史が心底感心したという顔をしている。

ふみは嬉しいし誇らしい気持ちもあったが、なんだか照れくさくて、顔の前で手を振った。

「たまたま調子がよかっただけです」

「たまたまで取れるものじゃないよ。よく頑張った」

悟は機嫌よくジョッキを傾けている。リラックスしていて、昼間の少し緊張した顔で社長の背を見つめていた彼とはだいぶ様子が違う。

「……悟さん」

「うん？」

「社長は、脚がお悪いんですか？」

「ん？　ああ……脚というか、左の手足に少しマヒがあってね」

悟の話によると、十年以上前、社長は脳梗塞で左半身にダメージを受けたらしい。そこからリハビリを重ねて少しずつ回復し、いまは杖があれば自分で歩けるようになったのだという。

「――親父が倒れたとき、俺は高三で、ちょうど進路を決めなきゃいけない時期でさ。それまではいくら反対されようが、自分で学費を稼いででも動物生態学のある大学に進むつもりだったんだけど、そうも言ってられなくなって」

「会社を継がなくちゃいけないから？」

「すぐどうこうって話じゃないけどね。脳梗塞は再発しやすいから……って、親父だけじゃなく、親父とは名ばかりの夫婦だと思ってたお袋にまで泣きつかれちゃ、さすがに突っぱねられなくてさ」

「それで建築科に行って、宮間不動産に入ったんですね」

「そうそう……でも、これでよかったんだと思ってるよ。大学で研究者になるより、会社でいまみたいに働いている方が、俺の性に合ってる」

悟はほとんどカラになったジョッキを手に頷いた。

「……しかしわからないもんだよね」

「なにがですか」

「俺の目には、完全に破綻しているように見えてたんだよ。うちの親の夫婦関係は。それなのに、親父が倒れたときのお袋の取り乱しようといったら、親父が死んだら自分も死ぬとでも言わんばかりでさ」

ふみはなんと言っていいのかわからなかった。

「親父も目を覚ましたら、俺でも愛人でもなく、お袋を枕元に呼ぶしさ。絆《きずな》ってやつが、たしかにあったんだろうね。子供の立場の俺にはまったくわからなかったし、いまでも両親は別居してるけど」

「……悟さんが、あったかい家庭ってやつを作ってみたかった理由はそれですか？」

「ん？　ああ……そうかもなあ。中途半端に絆を見せつけられたから、憧れが捨てきれないっていうのはあるかもしれないね」

「そう、ですか……」

炊き合わせを口に運んでいる悟が、なんだか遠く見えた。

ふみは悟のことを、あったかい家庭というものをまったくイメージできない仲間のように思っていた。

でもやっぱり、境遇が全然違いすぎる。

どんな形であれ、悟には両親が揃っているけれど、自分は両親の顔すら知らない。いざというとき支え合えるひとがいるかどうかの違いは大きい。

「どうかした？」

「いえ」

羨ましさとも妬ましさとも違う感覚。

ふみは寂しかった。

手を取っていろんなところに連れて行ってくれたから、自分は悟と同じところに立っているのだと、勘違いしかけていた。

そんなわけがないのに。

昼間、本社で会ったときのことを思い出す。

彼は『向こう側』の人間なんだと、あのとき思った。

「生もらえる？」

「はい」

悟と自分は、上司と部下であり、お客と店員だ。

距離感を間違えないようにしなくてはと、ふみは強く自分に言い聞かせた。

4

社長賞の授賞式から数日後。

モデルルームの受付で軽く事務仕事をしていると、吉川課長に声を掛けられた。

「橋下さん、悪いんだけど、ちょっとお使い行ってきてもらえないかな」

「はい、どちらへ？」

吉川課長が口にしたのは、外資系の高級ホテルの名前だった。

「あ……」

つい最近聞いた覚えがあると思ったら、悟と美術館に行ったあと、アフタヌーンティーを楽しんだホテルだ。

「あ、場所わかる？」

「はい」

「昨日来たお客さまが泊まってらっしゃるんだけど、お子様のぬいぐるみをチャイルドスペースに忘れていっちゃったらしくて。届けてあげてほしいんだ」

吉川課長が渡してきた紙袋のなかには、悟と行ったテーマパークの人気キャラクターのぬいぐるみが入っていた。親がモデルルームを見ている間、子供が自由に遊べるスペースには、同じようなものがいくつかある。毎日モデルルームを閉めるときにサッと掃除と点検はするけれど、これはちょっと気付けない。

「すぐお届けしてきますね」

「よろしく頼むよ」

ふみは託された紙袋を持ち、電車で東京駅へ向かった。

ホテルに到着し、二十八階に上がる。お客との待ち合わせ場所は、ロビーだった。

泣き腫らした目をした女の子にぬいぐるみを手渡し、何度も頭を下げる母親に頭を下げ返して、役目は無事終わった。

母子と別れ、ロビーを見渡す。頭上には大きなシャンデリアがある。内装が豪華すぎて落ち着かない。悟と一緒にいたときは気付かなかったが、こうしてひとりで来てみると自分なんかがいる場所ではないと思ってしまう。

ラウンジで悟と一緒に食べたスコーンやプチフールの味を思い出す。どれも美味しかったし、悟といるのは楽しかった。なんだかもう、ずっと前のことのように思える。

もう帰ろうと、踵《きびす》を返しかけたときだった。

「——え?」

ラウンジのなかで見覚えのある横顔が目に入り、ふみは反射的に入り口にあるオブジェの陰に隠れた。

悟だ。

ゆったりと寛《くつろ》いで座っている彼は、この場によくなじんでいた。同年代の、髪の長い綺麗な女性と向かい合って座っている。

悟は柔らかい笑みを浮かべている。雰囲気的に、仕事関係の知人ではなさそうだ。女性もとても楽しそうに笑っていて、誰がどう見たってお似合いのふたりだった。

いったいどういう関係のひとなのだろうか。考えかけて、やめた。

悟は交友関係の広そうなひとだし、それについてなにを言える立場でもない。

ふみは唇を噛み締め、逃げるようにその場から立ち去った。

5

週六のバイトに本業の仕事、不動産鑑定士の論文試験の勉強と、七月のふみは大忙しだ。

そのうえ、六月に長く閉めていたからか『たか』が大繁盛で、悟が客としてやってきても、ゆっくり話すこともできずにいた。

たまに悟から送られてくるメッセージにも、ラウンジでの一件が気になってしまって、そっけない返事をしてしまっていた。

そんなある土曜日のこと。

「――ええっ、お見合い？　ほんとに？」

ひかると美由紀が、客のいない隙にモデルルームの受付で噂話に花を咲かせていた。

「ほんとほんと。本社勤務の同期が言ってたから、間違いない」

「離婚して一年経ったし、そろそろ……ってことなのかな」

本社勤務の同期。

離婚して一年。

聞こえてきたワードが気になり、花瓶の埃《ほこり》を払っていたふみは、ふたりの方に顔を向けた。

「あれ。橋下さん、こういう話気になる？」

ふたりに意外そうな顔をされた。ふみがひとの噂話に興味を示したことは、いままでなかったからだ。

「少し」と、素直に答える。

「じゃあ聞いて聞いて」

喋りたくてしかたないという感じで、美由紀が手招きしてきたので、そちらに行った。

「あのね、あの超絶カッコいいバツイチの副社長が——大森《おおもり》建設の社長令嬢と、お見合いしたんだって！」

「……っ、」

きっと、この前ホテルのロビーラウンジで会っていた女性だ。

美由紀が嬉々として話した内容に、ふみはギュッと心臓を掴まれたような痛みを覚えた。

「どうかした？」

「い、いえ……」

ふみはなんとか態度を取り繕った。

「ああいうひとの結婚相手は、やっぱり会社になんらかのメリットがあるような女のひとがいいんでしょうね」

あのときの女性に向けていた悟の柔らかい笑みが、ふみの胸を刺す。

「そうなんじゃないかなあ、創業者一族の跡取りだもん。一回失敗してるとはいえ、好きだの嫌いだのでは結婚相手を選べないんだと思うよ」

美由紀がそこまで話したところで、三十代と思われるカップルが入ってきた。

「いらっしゃいませ」

三人は仕事用の笑顔を作り、カップルに頭を下げた。


その日の午後六時過ぎ。

開店準備が整い、『たか』の暖簾を出そうと外に出たところで。

「――ふみ」

弾んだ声で名前を呼ばれた。

振り返らなくても、誰だかわかる。ふみのことを名前で呼ぶのは、ただひとり悟だけだ。

ふみは暖簾の棒をぎゅっと握り締めた。

「……今日は早いんですね」

「出先から、会社に戻らないでそのまま来たんだ。最近、ふみとあんまり話せてなかったから」

話せてないことって、お見合いのことだろうか。

聞く前から気がふさぐ。そんな話、全然聞きたくなかった。

「俺、これでもけっこう我慢してるんだぞ？　ふみ忙しいのはわかってるから。あーあ、早く試験終わんないかなあ。合格したら、お祝いしような」

悟の口調は、あくまで明るい。ふみに対する疚しさを微塵も感じさせない。

つまり、お見合いしようが再婚しようが、変わらない関係——遊び相手かなにかみたいに思われているのだろう。

わかっていたはずなのに、改めて自分の立場を認識すると、胸がきしんだ。

「そうだ、聞きましたよ」

ふみは努めて明るい声で言った。知らない振りをすることはできない。

「え？」

「お見合いしたそうですね。おめでとうございます」

悟の口がぽかんと開く。そこからお見合いを否定する言葉は出てこなかった。

やはり、ふみの見たあれは、お見合いだったのだ。

「……おめでとう、ってなんだよ」

噂を否定しないのに、傷ついた顔をする悟に、腹が立った。

「おめでたいじゃないですか、今度こそあったかい家庭ってやつが作れるかもしれないんですから」

「本気で言ってるのか……？」

悟の眉がつり上がった。ふみは引かず、まともににらみ返した。

「本気ですけど」

「ふみは、それでいいのか」

「いいもなにも、どうこう言える関係じゃないですよね？」

ふたりの間には、体の関係が一度あっただけだ。好きだとか付き合うだとか、そんな話をしたことは一度もない。

「――本気だったのは、俺だけか」

悟は下唇を噛んで、地面に視線を落とした。

ふみは呻《うめ》き声を上げたくなるほどの胸の痛みを無視した。

副社長である彼が、自分なんかに本気だったはずがない。だいたい、本気だったら、お見合いなどするわけがないではないか。

「……今日は帰ってください」

ふみは店先に暖簾を掛け、逃げるように店内に入った。

6

ふみの手からガラス製の花瓶が滑り落ち、ガチャーンと音を立てて壊れた。

「……あっ」

「す、すみません」

慌ててしゃがみ、破片を拾おうとしたら、今度は指を切ってしまって、カーペットに赤い染みができた。

「痛っ」

「橋下さん、大丈夫？」

美由紀が絆創膏《ばんそうこう》を渡してくれた。ひかるは箒《ほうき》とちり取りを出してきて、ガラスの破片を集めてくれている。

「すみません、ご迷惑を……」

うなだれるふみに、美由紀が首を横に振った。

「全然いいんだけど、珍しいね、橋下さんがボーッとしてるの」

「勉強で疲れてるんじゃない？　たまには気晴らしした方がいいよ」

ひかるは大きな欠片を集め終えると、掃除機で細かい破片を吸いはじめた。

「ね、夜、時間ある日ない？」

「え？」

ふみはひかるの方を見た。

「私の大学時代の友達と、三対三で合コンしようって話が出ててさ。よかったら一緒にどうかなって」

「……合コン」

同僚からそんなお誘いを受けたのは、初めてだった。この前、悟のお見合いの噂を聞きたがったことで、そういう話を振っていいひとと認定されたのだろうか。

知らないひととお酒を飲むことに、いままで興味を持ったことはなかった。

でもいい機会かもしれない。

「火曜日なら」

試験前なので、火曜はしばらく『たか』の仕事を休みにしてもらっている。

不動産鑑定士の二次試験まで一か月を切っているのだから、時間があるなら勉強しなくてはいけないのはわかっているが、どうせ身が入らないのもわかっている。

「オッケー、火曜日ね！　楽しみにしてて」

ひかるは親指と人差し指で円を作り、片目をつぶってみせた。

そしてやってきた、火曜日の夜。

アルバイトのない、勉強もしない、そして悟とも会わない夜。

ひかると美由紀に連れてこられた、新橋《しんばし》の居酒屋の個室には、男性陣が先に来ていた。

「こんばんはー、待った？」

「いや、全然。いま来たとこ」

ひかるとその同級生らしき男性が笑顔で挨拶を交わした。それから、さあ座って座ってと、ふみは一番奥の椅子に案内された。

なにはともあれまずは飲み物と、人数分の生ビールが注文される。

乾杯をして、料理を適当に頼み、男性陣が自己紹介をした。三人とも、同じ広告代理店勤務らしかった。

ふみたちの方は、ひかるが紹介していってくれたのだが。

「こちら、二こ下の橋下ふみちゃん。宮間不動産が誇る、スーパー営業ウーマンだよ」

「やめてくださいよ、園田さん」

恥ずかしくて顔が熱くなる。

「だって、本当のことじゃない。この前なんてね、なんと社長賞取っちゃったんだから」

おーっ、と男性陣から声が上がり、なおさら顔が火照ってしまう。

恥ずかしさをごまかすように、ふみは次々と出てくる料理を口に運んだ。どれも洒落《しゃれ》た盛りつけだったが、味は『たか』の方がずっと美味しいと思ってしまう。

「日本酒ください」

　ふみは手酌でカパカパ酒を飲んだ。

『たか』やモデルルームに来るお客相手だったらいくらでも話せるのに、こういう場だと緊張してしまって上手く話せない。早いところ、適度に酔っぱらってしまいたかった。

「お酒、強いんだね」

　目の前に座っていた男性が、感心したように言った。

　名前は、田中《たなか》だったか、中田《なかた》だったか。

「ええと……田中さん」

「中田です」

「す、すみません」

「いえいえ」

　中田はおかしそうに笑った。気を悪くした様子はない。カッコイイという感じではないが、笑った顔は人懐っこそうだ。きっといいひとなのだろう。

「中田さんは、どんなお仕事してらっしゃるんですか？」

　自分から話題を振ってみた。

「いろいろですけど、マンションのチラシやサイトも作りますよ。宮間不動産さんの物件も手がけたことあります」

ふみは中田に親近感を抱いた。

「そうだったんですか。お世話になっております」

「いえ、こちらこそ、大変お世話になっております」

お互いに頭を下げ合う。

「ちょっとちょっと、そこ、なに仕事モードになってんのーっ」

ひかるに突っ込まれて、皆が笑う。

中田も笑っている。目尻の皺が優しい。


三時間ほど飲み、それぞれの連絡先を交換し合って、合コンは解散となった。

女三人で駅へ向かいながら、会の感想を話す。

「中田さん、ずっと橋下さんのこと見てたよね」

ひかるが言い、美由紀が頷く。

「それ私も思った」

「いや、ずっとってことはないんじゃあ……」

「ずっと見てたって。熱烈だったわー」

ウフフと含み笑いをされて、なんと言えばいいのかわからなくなる。

とそのとき、ふみの鞄に入っているスマートフォンがブルブルと震えた。取り出して画面を見てみると、たったいま別れたばかりの中田からメッセージが入っていた。

「あ……」

「すごっ！　はやっ！」

ひかると美由紀がはしゃいでいる。これはいまこの場でメッセージを開かないといけない空気だ。

ふみは苦笑いしながら、メッセージを開いた。

「『お疲れ様でした、今日はとても楽しかったです。よかったら次の休みに、どこかへ遊びに行きませんか。こちらの休みは合わせます』……だって」

美由紀に音読されてしまった。

もちろんオッケー出すよね、という圧を感じる。

「あの、さすがにそろそろ真面目に、不動産鑑定士の二次試験の勉強をしなくてはいけないですし……」

「じゃ、試験が終わったらって返事すればいいんじゃない？　あと二週間くらいだったよね、それくらい待ってくれるでしょ」

「そうそう」

「は、はあ……」

ふたりとも、なぜか誘われた本人とは比べ物にならないくらいノリノリだ。

結局ふみは、ふたりに押し切られるようにして、試験後の日程で中田と会う約束をした。

7

八月五日。不動産鑑定士の二次試験である、論文試験が行われた。

前日まで、ふみはアルバイトの時間を少し減らしてもらい、本業の昼休みと家にいる時間のほとんどを使って、勉強に集中した。もちろん合格したいからだけれど、余計なことを考えたくなかったからというのもある。

頑張っただけあり、手応えはあった。十月の合格発表は、期待していていいだろう。

試験が終わり、自宅に着いてホッとしたところで、スマートフォンが震えた。画面を見ると、中田から『試験お疲れ様！』というメッセージが届いていた。

ベッドに座り、『ありがとうございます』と、返事をする。

なんとなく視線を感じて、ベッドの脇を見た。

サトルンが、じっとこちらを見ている。ふみは落ち着かなくて、サトルンの顔を反対側に向けた。

ベッドに座ったまま、部屋のなかを見回す。

ほんの数か月前まで、ふみの部屋はふみだけの空間だった。なにもなくて、でも落ち着く、ふみだけの。

けれどいまは違う。サトルンが、曜変天目茶碗が、食器棚に入ったふたり分の食器が、悟の存在を主張してくる。悟のことを考えると苦しくなるばかりだから忘れてしまいたいのに、そうはさせてくれない。

もう一度スマートフォンが震えた。中田だろうと思い、通知を見ると、また『試験お疲れ様』と書かれている。

「……え？」

首を傾げ、差出人を確認する。

悟だ。

胸がドキッとした。『たか』の店先でお見合いについて話したとき以来、悟は店に来ることも、連絡をよこすこともなくなっていた。

五分迷って、こちらのメッセージにも『ありがとうございます』と返した。

すると、すぐにまたメッセージが来た。

『次のお休み、明後日でしたよね？　よかったらふたりで、テーマパークにでも行きませんか』

これは中田からだ。

ふみはそっぽを向いているサトルンに視線をやった。今日は、赤系のチェック柄の服を着ている。悟とテーマパークに行ったとき、買ってもらった服だ。服は五着買ったので、毎日その日の気分で選んで着せている。

ふみは返事に迷った。

明後日、モデルルームの仕事は休みだが、『たか』のアルバイトは普段通りにある。それなら、夕方までなら大丈夫だと返せばいいのだろうが、なんとなく悟以外のひととテーマパークへ行くことには、抵抗があった。

スマートフォンの画面を見つめて考え込んでいると、また中田から、今度は『お願い！』と書かれた可愛いスタンプが送られてきた。

ふみはフッと笑った。

まあ、いいか。

悟に義理立てしたところで、意味はない。中田はいいひとだと思うし、試験からの解放感を味わいたい気持ちもある。

ふみは、夕方四時くらいまでなら、と中田に返事を書いた。

悟からはこの日、それ以上のメッセージは来なかった。

「——はあぁ……」

悟は天井を向いて溜め息をついた。スマートフォンを握った左手を、ベッドに投げ出す。

あんなにふみの試験が終わるのを待っていたのに、『試験お疲れ様』としかメッセージを送れなかった。それに対するふみの返事も、『ありがとうございます』だけだ。

そっけない、なんて言う資格は自分にはない。

お見合いしたことを隠していたつもりはなかった。どうせ断るのだから、わざわざ言う必要がないと思っていただけで。そもそもお見合いといっても、自分のなかでは仕事上の付き合いというイメージが強く、初めてでもなかったから軽く考えすぎていたのかもしれない。

ふみはどうして、お見合いのことを知ったのだろう。社内の噂で聞いたのか。そうなる可能性を考えて、彼女の耳に入る前にちゃんと説明しておくべきだったのだろう。

「はあぁぁ……」

もう一度溜め息をついて、ゴロゴロとベッドの上を転がる。

お見合いの話をすると、ふみに結婚のプレッシャーをかけてしまうかもしれないという思いもあった。しかし、いま脳裏に浮かぶのは、「おめでとうございます」と言ってきた、ふみの泣き笑いのような表情だけだ。

あのときは、なぜやっとふり向いてくれたはずのふみがそんなことを言うのか理解できずついカッとなってしまったし、ふみはすぐ店内に入ってしまったしで、ちゃんと話すことができなかった。

もう一度スマートフォンをいじろうとして、やっぱりやめた。メッセージのやり取りでは、かえってこじれる気がする。

きちんと顔を見て、話がしたい。

ふみもそう思ってくれているといいのだが。

翌々日の月曜日。

ふみは朝早い時間に、舞浜《まいはま》駅の改札を出たところで中田と待ち合わせをした。五分前には着くように家を出たのだが、中田の方が先に来ていた。

「――中田さん」

歩み寄りながら呼びかけると、中田は笑顔で片手を上げた。

「お待たせしてすみませんでした」

「いえいえ。僕もいま来たところです」

ふたりで並んで、パークへ向かって歩きだした。この前来たときは車だったから、この道を歩くのは初めてだ。周りにいるひとたちは、平日とはいえ夏休み期間のせいか、小学生くらいの子供連れが多い。

「今日は暑くなりそうですね」

「パレード見ましょう、パレード。じゃんじゃん水をかけられるやつ」

真夏だとそういうものがあるのか。この前、悟と来たときは六月だったから普通のパレードだった。

しばらく歩き、大勢のひとたちが並ぶ入場口に辿り着いた。

この前も思ったけれど、一番前にいるひとは、いったい何時からこうして入場を待っているんだろうか。

目の前にいるカップルは、耳のついたお揃いのカチューシャをつけている。こそっとそれを指さして、ふみは中田に尋ねた。

「こういうのって、どう思います？」

「いやあぁ……さすがにこの年になると、厳しいなって思いますね。若い子はいいんでしょうけど」

悟と来たときは、クマ耳のついたお揃いの帽子を買った。悟はまるで恥ずかしそうな素振りを見せず、嬉しそうに笑っていた。

少しして、開場時間になり、列がゆっくりと前に進みはじめた。ふみたちもその後に続いて、改札口のような入り口にスマートフォンを当てて通り、園内に入った。

アーケードの向こうに、日本で一番有名かもしれない城が見える。二回目だからか、さほど感慨はない。

「ポップコーン、買います？」

「あ、どちらでも」

そう答えると、中田はちょっとホッとしたような顔をした。

「よかった、じゃあなしで。ものを食べながら歩くのって、苦手なんです。親がそういうのに厳しかったもので」

きちんとした家で、きちんと躾《しつ》けられて育ったひとのようだ。

自分には親がいないと、なぜだか言えなかった。

十時を過ぎた頃から、気温はどんどん上がっていった。あんまり暑いので、パレードまではなるべくレストランやシアター系のアトラクションで過ごした。

中田は自分のことをよく話した。仕事の失敗談や、猫を飼っていること、休日はよくフットサルをしていることなど、ふみはほぼ聞き役となっていたが、彼の話は退屈しなかった。ペットを飼っているか聞かれたときは、フトアゴヒゲトカゲのぬいぐるみがいるとは言えず、首を横に振った。

午後二時からは、夏のパレードが始まるということで、ふたりで沿道に出た。

「荷物はこれに入れてください」

中田が大きめのビニール袋を取り出した。

「え、そんなに濡れるんですか？」

「それなりに」

服はどうしようもないなと不安になりながら、バッグを袋に入れる。

「ジャジャーンッ！」と鳴りだしたＢＧＭに合わせて、キャラクターたちの乗った大きな乗り物がゆっくりとやってきた。

キャーッという歓声があちこちから上がる。

先頭の乗り物に乗った一番人気のキャラクターが、皆を煽《あお》るように両手のひらを上にして上げ、ポップな色と形の器械のスイッチを入れた。

「——あ」

水が撒《ま》かれた、と思った直後、視界がぶわっと歪《ゆが》んだ。

顔面に水が直撃したらしいと、遅れて気付く。

水が撒かれるといっても、シャワーでサッと湿らされるくらいのものだと思い込んでいたのだが、これはびしょ濡れなんてものじゃない。

「アハハハ、すっごいですね、こりゃ」

中田が隣で楽しそうに笑った。

ふみも隣を見て笑おうと思った、が。

中田の視線がふみの顔から、スッと胸元に下がったのを見てしまった。

「……っ」

白いシャツがべったりと肌に張り付いて、ピンク色のブラジャーが透けて見えてしまっている。

中田はすぐに目を逸らしたが、ふみの心のなかは、真っ黒い煙のような嫌悪感でいっぱいになった。

「あ……と、タ、タオル買いましょうか、それと、着替えと」

ごまかすように中田が言う。

ふみはなんとか頷いたが、表情は硬くなってしまった。

その後、すっかり気分の下がってしまったふみを中田が持て余して、午後四時くらいまでという約束だったが、一時間半ほど早く切り上げて帰路についた。

テーマパークからまっすぐ『たか』に行くつもりだったけれど、さすがに早いので、一度自宅へ向かう。

中田と最後になんて挨拶したのかも覚えていない。

とにかく、一刻も早く、フトアゴヒゲトカゲのいる、自分の家に帰りたかった。帰って、買ったばかりのヘンなTシャツを脱いで、下着も変えて、いつものマグカップでお茶を飲みたい。

最寄り駅で電車を降りてからは、もう小走りだった。

角を曲がり、先を急ぐ。

そして見えてきたアパートの二階、ふみの家の入り口には、悟が立っていた。

第六章

1

アパートの二階で所在なさげにしていた悟は、駆けだしたふみに、すぐ気がついた。

「ふみ！」

階段を一段飛ばしで駆け上がり、悟の元へと急ぐ。

悟が両手を広げてくれたから、ふみはそのままの勢いで彼の胸に飛び込んだ。

「おかえり」

「た……だいま」

ぼたぼたっと大粒の涙が溢れだして、悟のシャツを濡らす。

それを見て、悟の顔色が変わった。

「ふみ……どうした、誰かになにかされたのかっ？」

しゃくりあげていては、誰にもなにもされていない、と言葉にすることはできず、ふみはただ額を悟の胸に擦り付けるように首を横に振った。

「とりあえず、部屋入ろう」

ふみが悟の背中に両手を回して離れないものだから、悟がふみの鞄に手を突っ込んで鍵を探し、ドアを開けた。

靴を脱がされ、抱きかかえるようにして、ベッドの方に連れて行かれる。

ふみはなかなか泣き止めなかった。大人になってから、いや、赤ん坊を卒業してから、こんなに泣くのは初めてかもしれない。

悟はなにも聞かず、しがみついてくるふみをただ抱き締め、トントンとゆったりしたリズムで肩の辺りを叩いてくれていた。

しばらくして、ようやく泣き止んでからも、ふみは悟に抱きついたままでいた。トクン、トクンと、悟の心臓の音が聞こえてくる。

「……俺、ふみに言いたいこと、いろいろあったはずなんだけどな……」

「言ってくださいよ。気になるじゃないですか」

ふみは涙声で言った。

「じゃあ言うけど。合コン、行ったんだって？」

悟が聞いてきた。責めるようなニュアンスを感じ、カチンとくる。

「よく知ってますね」

「今日インプレス桜が丘のモデルルームに行ったら、女性社員が教えてくれた。合コン相手と出かけてるってことも」

ひかるも美由紀も、なかなかお喋りだ。

「五時までここで待って、帰ってこなかったら『たか』に行こうと思ってたんだ……けど、まさか泣かされて帰ってくるとは思わなかった」

悟の声に、怒気が混じっている。

「中田さんは、悪くないんです」

「中田っていうのか」

よし覚えたと、怖いことを言う。

「今日、中田さんとテーマパークに行ってきたんですけど」

「え……」

表情を強張らせた悟に、またカチンときた。

自分との思い出の場所に他の男と行かれたのがショックだったのかもしれないが、一緒にアフタヌーンティーを楽しんだ思い出のラウンジでお見合いしていた悟に責められる筋合いはない。

「全然楽しくなくて、びっくりしました」

悟と行ったときは、あんなになにもかも輝いて見えたのに。

「中田さんは、悪くないんです」

と、もう一度言う。

「やけにかばうな」

悟は苛立《いらだ》ちを隠そうとせず、おもしろくなさそうな顔をした。

「悟さんのせいです」

「俺の？」

驚いた顔をされた。

「ちょっと前まで、私の部屋は私だけの空間でした。なにもなくて、でも落ち着く、私だけの。でもいまは……サトルンがいつも隣にいて、食器棚にはふたり分の食器が揃っています」

ふみはベッド脇にいるフトアゴヒゲトカゲのサトルンを見た。今日は紺地にピンクのハートが散った服を着ている。

「私はいままで、ずっとひとりで生きてきたんです。それでいいと思っていたし、なくすかもしれないなら、かけがえのないものなんて作らない方がいいと思ってました」

「……うん」

悟がゆっくりした手つきで髪を撫でてくる。

その手つきがあんまり優しくて、また目に涙が滲んでくる。

「でも違うんですね。かけがえのないものって、作るんじゃなくて、なっちゃうものなんですね、勝手に」

ポタポタと涙が溢れ、悟の胸元を濡らす。

「もう、どうしたらいいのか、わからないです」

「……ふみ。俺のこと、大好きだろ」

ふみの腰を抱く手に力がこもる。

「わかりません」

本当にわからなかった。いままで恋なんてしたことがなかったから。

「俺は好きだよ、ふみのこと」

まっすぐに顔を見て言われ、ふみは目をパチパチさせた。

「初耳です」

「んんん〜、態度で示してるつもりだったんだけどなあ……」

悟は前髪をくしゃりと掴んで呻いた。

「私のことが好きなんだったら、なんでっ……」

ふみは感情を爆発させ、涙声で叫んだ。

「なんで、お見合いなんてしたんですか！」

悟は頬を叩かれたみたいに痛そうな顔をしたあと、頭を深く下げた。

「お見合いは、すぐ断ったよ——でも、ごめん。本当にごめん」

「え……」

「今日はそのことを謝りに来たんだ。相手が取引先のお嬢さんだったから、親父の顔を立てるために、一度は会っといた方がいいと思ったんだよ。どうせ断るんだからと、軽く考えてた。傷つけるつもりはなかったんだ」

悟の言い分は、到底納得できるものではなかった。

「そういうの、よくわからないです」

創業者一族である悟の家では普通のことなのかもしれないが、わかりたくもなかった。

仮に自分も悟のことが好きだとして、悟は宮間不動産の御曹司だ。高卒で身寄りのない自分みたいな人間が悟と結婚するなんていう未来はありえない。

今回のお見合いは断ったようだが、悟が拒もうと、これからも何度でも同じようなお見合い話が持ち込まれるだろう。

そしてそのたびに、もうダメかもしれない、今度こそダメかもしれないと、ふみは胸を痛めることになる。

そんな生活は、耐えられない。

「悟さんに出会う前に、戻りたい……」

そうしたら、心穏やかに生きていけるのに。

「俺、ふみが合コン相手と会ってるって聞いて、じっとしていられなくなってここに来たんだ。情けない話だけど、反対の立場になってやっと、自分がどれだけふみのこと傷つけたのかわかった。もうお見合いなんて絶対しないから、俺と付き合って？」

目尻に悟の唇が押し当てられ、涙を吸い取っていく。

「私と一緒にいても、宮間不動産にはなんのメリットもありませんよ」

「俺が、ふみと一緒にいたいんだ。会社は関係ない」

ふみを抱く悟の腕に、力がこもった。

「私だって、一緒にいたいです。でも――」

悟の胸を強く押し、ふみはハッキリ言った。

「先の見えないお付き合いは、できません」

悟には『たか』まで車で送ると何度も言われたが、固辞した。

「……おはようございます」

電車で出勤し、着替えて店に出ると、隆史がふみの顔を見て目を丸くした。

「どうした、ふみちゃん！　目が真っ赤じゃないか」

「あ……と、韓国ドラマにドはまりしちゃって。めちゃくちゃ泣けますね、あれ」

「なんだ……ああ、ウチのも好きでよく見てるわ。ふみちゃんもああいうの好きだってのは、意外だなあ」

隆史はおしぼりを冷たい水で絞って渡してくれた。

「ありがとうございます」

お礼を言って、瞼に押し当てる。

韓国ドラマにハマるどころか、ふみの家にはテレビがない。疚しかったが、まさか本当のことを説明するわけにもいかないのでしかたがない。

ガラリと入り口の引き戸が開く。

「いらっしゃいませ」

ふみは気持ちを切り替えて、大きな声で言った。

アパートの前でふみと別れてから、悟は川中を呼び出して落ち着いた居酒屋へ飲みに出かけた。

「――こういうところがダメなんだと思うよ、悟は」

いきなりダメ出しされ、グッと言葉に詰まる。

「一般家庭の午後六時なんて、もうほとんど晩飯の用意をしはじめてるか終わってんだよ。特にウチみたいな、小さいガキのいる家は。そういうことを全然考えず、学生時代と同じノリで『今から飲みにいかないか』と誘ってくるその無神経さ」

「じゃあ断ればよかったじゃねえか」

拗《す》ねたような口調になってしまったのが我ながらガキっぽい、と悟は思った。

「断ってよかったのか？」

「来てくれてありがとうございます」

素直でよろしい、と鷹揚《おうよう》に許される。

「で？　橋下ふみとどうしたって？」

「……泣かせてしまいました」

悟は夕方の出来事をかいつまんで話した。

聞き終わった川中は、頭を抱えて下を向いた。

「俺、そんなにダメ？」

「ダメ。ダメすぎる」

はあぁ、と大きなため息をついて、川中は日本酒をクイッといった。

「そんなに橋下ふみのことが好きなら、なんでお見合いの話なんて受けたんだよ」

「会うだけ会って、すぐ断ればいいと思ったんだよ」

仕事絡みの相手だし、その方が、会いもしないで断るより角が立たないと思ったのだ。

「実際のところ、お前は橋下ふみとどうなりたいわけ？」

「……一緒にいたい」

「それは普通に付き合い続けたいってこと？　同棲したい？　それとも結婚したい？」

「離婚して一年ちょっとしか経ってない男にプロポーズされるのって、正直微妙じゃないか？」

悟とて、ふみとの結婚をまったく考えなかったわけではない。ただ、バツイチという引け目があった。だから、ふみに先の見えない付き合いはできないと言われた時に決定的な言葉を言うのをためらってしまった。

「もっとシンプルに考えろよ。お前の思う幸せって、なに？」

「幸せ……」

あったかい家庭が欲しいという、子供の頃からの切実な思いが悟にはある。

しかし一度目の結婚は上手くいかなかった。あったかい家庭という、切実なくせにぼんやりとした家庭像に、自分も元妻も上手くはまらなかったからだ。

もしかして、考える順番が違ったんじゃないだろうか。

ふとそう思った。

あったかい家庭を作るために結婚するのではなく、誰かと一緒にいたくて、そのために結婚して、その結果、あったかい家庭というものができあがるのではないか。

「――川中」

自分のなかで、いったいなにが問題なのか、徐々にわかってきた気がした。

「うん？」

「親父と、話をしてこようと思う」

「いいんじゃないのか」

「なあ、俺がふみにプロポーズして断られたら、慰めてくれるか？」

「知らねえよ。二回でも三回でも再トライしてろ」

突き放すように言われ、悟は声を上げて笑った。

2

その週の土曜日。

悟は宮間不動産の社長である父親が住むマンションを訪ねることにした。母親は別のマンションでひとり暮らしをしているため、父親は通いの家政婦に世話になって暮らしている。

昔はゴルフだなんだと、週末になると出かけてばかりいた父だが、脳梗塞で倒れてからは、すっかり引きこもるようになった。愛人も、いまはいないようだ。

会社ではしょっちゅう父と顔を合わせているが、家に来るのはずいぶん久しぶりだ。当然いるだろうと思い、アポなしで来た。

インターホンを鳴らし、数秒待つ。

『——あら、悟』

「えっ!?」

当然家政婦が出るだろうと思っていたのに、名前を呼び捨てにされて当惑した。

しかも、ものすごく聞き覚えのある声だ。

『入りなさい』

インターホンが切られ、エントランスの扉が開いた。

もう一か所インターホンを鳴らして開けてもらい、エレベーターで最上階まで上がって、父の部屋まで来た。

複雑な思いで、扉の前に立つ。

チャイムを鳴らす前にドアが開く。そこに立っていたのは、数か月ぶりに会う、母だった。

リビングの応接セットで、父と向かい合って座る。アイランド型のキッチンでは、母がコーヒーを淹れている。

居心地が悪いなんてものではなかった。仲が悪かったはずのふたりが、どうして一緒にいたのか、理解できない。

「珍しいな、お前がうちに来るなんて」

「あ、うん……」

「コーヒー、お待たせ」

母がトレイにのせてきたコーヒーを三つテーブルに置き、菓子の入ったお盆も置く。そして当たり前のように、父の隣に座った。

悟はカップを手に取り、コーヒーを一口飲んだ。

「……母さん、よく来るの？」

「ここに？　週に二、三回かしらねえ」

「そんなに!?」

全然知らなかった。

「なんで？」

「なんでって……夫婦が会うのに理由がいる？」

「俺にはいる」

悟は狐に化かされているような気分だった。

いま週に二、三回会えるくらい仲がいいんだったら、どうして自分がもっと多感だった時期にも仲良くしていてくれなかったのかと、叫び出したくなる。

「そうねえ……話すと長く……も、ならないわね。母さんの、粘り勝ちよ」

「粘り勝ち」

うんうんと、母の隣で父が頷く。

「父さん、倒れる前までは、愛人が三人いたんだけど」

最低だな、と悟は思った。

「倒れたら、みーんな逃げちゃった。体が不自由になったおじいさんはいらないんだって。かわいそうだから、母さんが通ってあげることにしたの」

父は渋い顔をしている。

「逃げたんじゃない。逃がしてやったんだ」

「ハイハイ」

母に軽くあしらわれて、父の眉間の皺がさらに深くなる。

悟は目の前の光景が信じられなかった。

父に泣かされ続け、壊れた家庭で意地になって完璧な専業主婦をしていた母の姿はそこにはなかった。

「……俺、この前のお見合い、断ったよ」

「ああ、聞いてる。もったいないな、あんなちゃんとしたお嬢さん、そうそういないぞ」

父はそう言うが、悟は最初から断るつもりでいたので、もう彼女の顔もよく覚えていない。

「もう、お見合いはしない」

「あら、どうして？」

父の隣で、母が意外そうな顔をする。だからどうして、お見合いで結婚して上手くいかなかったはずの母までがそんな顔をするのだ。

「どうして、じゃないだろ」

悟は両手で顔を覆った。

「お見合いで父さんと結婚したせいで、さんざん泣かされたんじゃなかったのかよ」

「まあ……そうね。この年になるまでには、いろいろあったわね」

母はジロリと隣に座っている父の顔を見た。父は居心地悪そうにしているが、立とうとはしない。

「でもね、こんなひとでも結婚してしばらくはずいぶんと優しかったのよ。悟は覚えていないかもしれないけど」

「覚えてないよ」

でもたしかに、三歳くらいまでは、父に抱かれている写真がたくさんあった。その後は、入学式や卒業式くらいしか一緒に写っている写真はないが。

「前々から聞きたかったんだけど、なんで離婚しなかったんだ？」

「逆に、意地でも離婚してやるもんかって思ってたわ」

「俺のためではなく？」

「悟のため……ではなかったわね。女の意地ってやつで。むしろ完璧な妻でいようと躍起になっちゃって。悟のためを思うんだったら、別れるべきだったんでしょうね」

母は申し訳なさげに視線を落とした。

「俺っ……俺は、あったかい家庭ってやつで、育ちたかった」

　悟は耐えられず、また両手で顔を覆うしかなかった。

「なに不自由ない暮らしはさせてもらったけど、満たされたことは一度もなかった」

「悟……」

「なんなんだよ、これ。いまさらまともな夫婦みたいな姿見せられて、俺、どうすればいいんだよ」

「ごめんなさい」

　母が呟くように言った。

「つらい思いをさせたわね」

「悟……」

　父は一度言葉を切り、気まずそうに床を見てから視線を戻した。

「……お前にまともな家庭というものを見せてやれなかったという意味では、すまなかったと思っている」

　ひとに謝るということを知らない父までもが、珍しくすまないと口にした。

「だからというわけでもないが、せめてお前にはちゃんとしたお嬢さんと幸せな家庭を築いてもらいたいと思って、いままで紹介してきた……余計なお世話だったようだが」

「会社のためじゃなかったのか？」

悟は顔を上げた。

「友人のお嬢さんで、いいなと思ったひとを紹介していただけだ。いまどき政略結婚もないだろう」

悟は元妻のことを思い出した。完璧な専業主婦という点では、彼女は母とそっくりだった。もしや父は、自分は母と幸せな家庭を築けなかったくせに、無意識に自分の趣味に合う女を悟に紹介していたのではないだろうか。

完全に腑《ふ》に落ちたとは言いがたいが、両親の考えがやっと少しはわかるようになった気がした。父も母も、悟に悪いと思ってはいたようだ。これまで悟も含め、三人ともこうして家族として向き合って話すことを避けてきたところがあった。だから、お互いにすれ違ってしまっていたのだろう。

「父さん、母さん」

悟は背筋を伸ばしてふたりを見た。

「俺、結婚したいひとがいる……うちの社員なんだけど」

「そうか」

「今度、会わせなさい」

父も母も、びっくりするくらい驚かなかった。

「いいのか？」

「いいもなにも」

両親は互いの顔を見合わせた。

「もう三十越してるんだ、お前の自由だろ。それに、うちの社員なら、ちゃんとしたひとに決まっている」

3

土曜日だけあって、インプレス桜が丘のモデルルームは朝から盛況だった。

「――そういえば、中田さんとはどうなってるの？」

お客が途切れたタイミングで、ひかるがコソッと聞いてきた。

「あー……特にどうにも……」

次のデートに誘うメッセージなら、何度か来ている。返事は、はぐらかすようなものしかできていないが。

申し訳ないけれど、もう会う気分にはなれなかった。合コンも、こりごりだ。

悟からも、月曜に会ったきりだ。一度電話があったのだが、出られなかった。『たか』にも来店していない。

悟には会いたい思いはあるけれど、みっともなく泣きついてしまったうえに、「先の見えないお付き合いはできません」なんて重いことを言ってしまったから、正直気まずい。

「もったいないなーっ、中田さん、いいひとなのに」

「そうですよねえ……」

本当にいいひとだった。中田には、もっと素直で可愛らしい女の子の方がお似合いだと思う。

とそのとき。

「いっ、いらっしゃいませっ」

受付カウンターの方で、美由紀が珍しく声をひっくり返らせた。

どうしたんだろうとそちらに目を向けると、両手で抱えるほどの大きな花束を持った、悟が立っていた。

「いらっしゃいませ」

ひかるとふみも、悟に向かって頭を下げる。

あの花束は、モデルルームの花瓶に飾るものだろうか。

「――橋下さん」

名字で呼ばれるのは久しぶりだ。悟は珍しく緊張した顔をしている。

「はい」

ふみは悟と向かい合って立った。

「お勧めの部屋を、教えてくれないか」

「え？」

「橋下さんが住みたいと思う部屋をひとつ、買いたいんだ」

「副社長……？」

自分がなにを言われているのかわからず、ふみは何度か瞬きをした。

「さっき、親父の家に行ってきた。偶然母親もいたから、今後お見合いをする気がないことも、大事なひとがいることもふたりに話してきた……もう三十を越しているんだから、誰を選ぼうが俺の自由だって言われたよ」

悟がふみの胸の前に、花束を差し出してくる。

「一緒に暮らそう。俺と——結婚してください」

ふみは花束と悟の顔を三回見比べた。

「……結婚と同時にマンション買おうとしているお客さんを見ていると、せめて一年くらいは賃貸で暮らして、自分たちのライフスタイルがハッキリ見えてから買った方がいいのにと思うって、言ってたじゃないですか」

「たしかに言った」

悟が頷く。

「でもいまは、すぐにでもここがふみと俺の家なんだって、言い切れる場所が欲しい」

悟の言葉が、ゆっくりと胸に染みてくる。

「俺は一度、結婚に失敗してる。あったかい家庭ってやつがどんなものかも知らない。そんな男のプロポーズなんて信用できないと思ったら、断ってくれていい」

「え？」

「二回でも三回でも……百回でも二百回でも、俺は再トライするよ。ふみが俺を受け入れてくれるまで。ふみは、俺の特別なひとだから」

悟は真顔だ。彼なら、きっと本当にそうするんだろう。

ふみは小さく笑った。

「――最上階の南西向きの角住戸《かどじゅうこ》が、すごく素敵なんです。キッチンにも窓があって明るくて、リビングからは大きな公園が見渡せて、広すぎなくて」

「そこを買おう」

悟が意気込む。

「ひとつ条件があります」

「ひとつと言わず、いくつでも」

「私も、お金を出します。半分とはいかないかもしれないけど」

悟は意外そうな顔をした。

最上階の角部屋は、高い。ふみひとりでは、とても手が出ない価格だ。

悟は当然のように、自分がすべて払うと思っていたのだろうが、『自分の家だ』と心から思うためには、ふみだってできるだけのことはしたい。

「……わかった。具体的な割合は、あとで取り決めよう。それで……そろそろ、答えを聞かせてくれる？」

ふみは精一杯の笑顔を作って、花束を受け取った。

「私でよかったら、喜んで」

キャーッと、ひかると美由紀が歓声を上げる。

花束を抱き締めて、少しだけ泣いた。

こっちはまかせて、とひかると美由紀に追い出されるようにして、ふみは急遽半休を取った。

駐車場に停めてあった悟の車の助手席に乗り込む。膝の上に、大きな花束をのせて気付いた。

「悟さん、うち、花瓶がありません」

「そんなこともあろうかと思って、買ってきた」

悟は後部座席に置いてあった紙袋を指さした。

「さすがです」

ふみはフフッと笑って花束を幸せそうに抱えた。

「ところで気になってたんですけど、社長とはどういうふうに話したんですか？」

自分が「先の見えないお付き合いはできません」なんて重いことを言ってしまったばかりに、悟が突っ走って、親子間に亀裂が入ってしまうのは本意ではない。

「まずお見合いのことなんだけど、親父はべつに、俺に政略結婚してほしくてお見合いを勧めてきてたわけじゃなかったらしいんだ」

「そうなんですか？」

悟の元妻も、この前のお見合い相手も宮間不動産にメリットのありそうな女性だったから、意外だった。

「俺をまともな家庭で育ててやれなかったって負い目があるから、せめて俺にはちゃんとしたお嬢さんと幸せな家庭を築いてもらいたかったらしい。友人の娘のなかでいいと思ったひとを紹介していたんだってさ」

「ちゃんとしたお嬢さん……」

ふみの表情が曇ったことに気付いたらしく、悟が慌てだす。

「ちゃんとしたっていうのは、家柄がどうこうって話じゃないよ」

「でも……」

「ふみに両親がいないことは、話した。うちの社員だってことも。名前を言ったら、ふみのこと知ってたよ。なんたって、上半期の社長賞受賞者だもんな」

仕事を頑張ってよかった、とふみは思った。

「父親も母親も、ふみに会いたがってた。よかったら、次の週末にでも会いに行こう」

「はい」

緊張してしまいそうだけれど、嫌ではなかった。

それにしても、社長に会いに行ったら母親もいたなんて、悟から聞いていたよりずいぶんと両親の仲が良さそうだ。

と思ったのは、顔に出たらしい。

「いやあ、俺もびっくりしたんだよ。別居している両親が、週に二、三度は会ってたなんて」

「けっこうな頻度ですね」

「親父が倒れてかららしいんだけど……俺はひとり暮らしだし、親の家に行くこともほとんどないから全然気付かなかった」

「一緒に住むのだけが、夫婦の形じゃない……ってことなんでしょうか」

「そうなんだろうね。俺は絶対一緒に住みたいから、理解できないけど」

悟はそう言って、車のエンジンをかけた。

駐車場を出て、走り出す。『たか』のアルバイトが始まるまでにはまだ時間があるから、どこかでお茶でもしようということになった。

ハンドルを握っている悟の横顔をじっと見つめる。その表情は、穏やかだった。悟の方にはもう迷いがなさそうだが、ふみはまだ引け目のようなものを少し感じていた。

「……本当に、私でいいんでしょうか」

「ふみで、いいんじゃない。ふみが、いいんだ」

悟は力強く言い切った。

「私は、少し怖いです。ちゃんと悟さんと家族になれるのか……」

悟がいままで何度かあったかい家庭が欲しかったと言っていたのを、ふみは聞いている。ふみなんかよりずっとちゃんとした女性とそれを築くことができず、一年で別れたことも聞いている。

　悟のことが好きだ。

　もうそこに、迷いはない。

　ただ、自分とならあったかい家庭を作れるはずだという、たしかな自信は持てずにいる。ふみ自身、あったかい家庭というものを知らずに育ったからだ。

「たぶん、順番が逆だったんだよ」と悟が言う。

「順番？」

「あったかい家庭を作るために結婚するんじゃなく、誰かと一緒にいたくて、そのために結婚して、その結果としてあったかい家庭ができあがるんだ」

　ということは、お互いが一緒にいたいと思っていれば十分だということだろうか。

「俺はふみのことを考えると、胸があったかくなる。笑ってる顔を見ていると、ずっと笑っていてほしくなる。デートしたあとは、いつも帰したくないなと思っていた」

「……はい」

　ふみも、同じようなことを思っていた。

「あったかい家庭って、決まった型があるわけじゃないんですね」

　ふみは笑った。

「ふたりが同じ方向を見て暮らしていくうちに、ふたりだけの形ができあがっていくものなんだなって、いま思いました」

「きっとそうだ」

やがて車は、駐車場つきの広めのカフェに到着した。

同じタイミングで、カフェのなかから幸せを絵に描いたような三人家族が出てきた。若い夫婦だ。子供は三歳くらいだろうか。

真夏の車内は暑くなるので、ふみは花束を抱えて車から降りた。

「わあ……！」

子供が目をキラキラさせて、ふみに寄ってきた。

「すごい！　お花、きれーい！」

「ね。素敵でしょ」

子供の目線に花束を合わせてやり、ふみは心からの笑みを浮かべた。

その日のアルバイトには、悟も一緒に行った。

店が開く前に、ふたり揃って隆史に結婚の報告をしたかったからだ。

話を聞いた隆史は、涙を流して喜んでくれた。

「本っ当によかったなぁ、ふみちゃん……いままでたくさん苦労した分、幸せになるんだよ」

隆史はふみが施設出身で親がいないことを知っている。

「副社長、よろしく頼みます」

ずずっと鼻を啜《すす》って悟の方を見た。

「本当に、いい子なんです。大事にしてやってください」

「もちろんです」

悟は力強く言い切った。

「それで、アルバイトなんですけど……」

ふみは話を切り出した。

「ああ、寂しいけど大企業の副社長夫人とあっちゃ、アルバイトは続けられないよな」

「すみません。でも、後任が決まるまでは、しっかり勤めさせていただきます」

「いいのかい？」

「はい。ご迷惑はかけられませんから」

着替えてきます、と二階へ上がる。

髪を三角巾でまとめ、エプロンをつけながら、あと何回こうして着替えることになるんだろうと感慨深く思う。

契約社員として宮間不動産に入ってからだから、四年は『たか』で働いていたことになる。場所が便利で勤務時間の都合がよく、賄いつきだったから決めたアルバイトだったが、いつしか店員ではなくなったとしても、お客として通いたいと思うくらいには、『たか』のことが好きになっていた。

一階から、隆史と悟の笑い声が聞こえる。

今日も頑張ろう、とふみは急ぎ足で階段を下りていった。

4

翌日の日曜日。

本業が休みのふみは、朝から悟がひとり暮らししているマンションにやってきた。

インターホンを二か所で鳴らして部屋の前まで来ると、悟が笑顔でドアを開けてくれた。

「――いらっしゃい」

「おじゃまします」

「ただいまでいいよ。来週からは、ここで暮らすんだから」

インプレス桜が丘が竣工するのは秋の予定だから、それまではここで暮らすことになる。ふみの荷物は少ない。引っ越してくるのは簡単だろう。

「……ただいま」

なんだか照れくさくて、顔が熱くなってしまう。

ここに来るのは初めてだ。玄関には、大きな花瓶があり、色とりどりの花が飾ってあった。

まるでモデルルームみたいだ。

靴を脱いで廊下に上がり、先へ進む。

ドアを開くと、ちょっと引くほど豪華なリビングが目の前に広がっていた。

フローリングは一番グレードの高いものだし、一枚板のテーブルも相当値段が張るものだろう。白いソファは海外ブランドのものだ。

「モデルルームみたいです」

「モデルルームだったんだよ」

「え？」

「棟内モデルルームを、このマンションの販売が終わったときに、そのまま買い取った」

「なるほど」

「ちょうどひとり暮らししようと思って、部屋を探しているときだったから。おかげで家具を選ばなくてよくて、ラクだった」

それにしても、ずいぶん綺麗にしている。掃除の業者を定期的に入れているのかもしれない。

「キッチン、見せてもらっていいですか?」

「どうぞ。どこでも自由に見てくれ」

アイランドキッチンの天板は、人工大理石でできているようだ。食器洗浄機はビルトイン。浄水器は蛇口に内蔵されているタイプだ。

冷蔵庫は、観音開きの大きなものがある。ふみの家にある小型の冷蔵庫は、処分していいだろう。

ＩＨコンロの下の引き出しには、フライパンや鍋が入っているが、数が少ないし、あまり使われた形跡はない。これは自分がいま使っているものを持ってきた方がよさそうだ。

食器棚の食器も、お洒落ではあるけれど数が少ない。スペースもスカスカだし、いまあるものをすべて入れられそうだ。

「使ってない部屋がひとつあるから、そこをふみの部屋にしよう」

「ありがとうございます」

悟に連れられて行った先には、八畳ほどの部屋があった。個室としては十分すぎる広さだし、ウォークインクローゼットがあるのも嬉しい。

「ここなら、いま使ってるもの皆持ってこれます」

「……ベッドは、持ってこなくていいんじゃないかな」

「え？」

「主寝室に、クイーンサイズのがある」

「あ、はい……」

暗に毎晩一緒に寝るぞと言われ、恥ずかしくて下を向いてしまう。

「あっ……と、サトルン！　サトルン、どこに置きますかっ？　いままではベッドの横に置いてたんですけど。主寝室に置きます？」

「俺はべつにいいけど、ふみはサトルンに見られてても平気なのか？」

なにが、と聞きかけてエッチなことだと察し、また恥ずかしくなる。

「主寝室、見に行こう」

もじもじしているふみの手を、悟が握ってきた。

主寝室は、ふみのものになる予定の部屋よりだいぶ広かった。倍はあるだろうか。そこに、クイーンサイズのベッドが置かれている。

落ち着いた紺色のベッドカバーが素敵だった。

「素敵……」

無意識に、声に出ていた。

「寝てみる？」

悟が腰を抱いてきて、一緒にベッドに倒れ込む。

硬めのスプリングが気持ちよかった。

機嫌よさげに抱き締められ、うっとりしかかって、ハッとした。

「……まだ朝です」

「そうだね」

悟はまるで気にする様子を見せず、顔を近づけてきた。

「キスくらい、挨拶だよ」

そうかなあ……？　と疑問に思っている間にも、近づいた唇同士が重なって、小さく音を立てた。

「おはよう、ふみ」

クスクス笑いながら、ふみの両頬を手のひらで包み込んで、また顔を近づけてくる。やわやわと唇を食《は》まれ、頭がボーっとしてくる。

「……ふっ……ん……」

開いた唇の狭間から、熱い舌が侵入してきた。舌同士を擦り合わせると、たまらなく気持ちがよかった。じゅるっと強めに舌を吸い上げられ、大げさに震えてしまう。

「……悟さん」

悟の手が、腰の辺りからカットソーの内側に入ってきて、背中を撫でてくる。

「うん？」

「触り方……いやらしくないですか」

これはもう、挨拶とは思えなかった。

「そうかな？」

そんなことないと思うけど、と言いながら、ブラジャーのホックを器用に片手で外された。

「まだ朝ですってば」

「そうだね、朝だね」

不埒《ふらち》な手が、スルスルとカットソーをめくり上げてくる。

ブラジャーの押さえを失い、形の歪んだ乳房が、朝の光の下にまろびでてきた。

「やっ……」

ふみは恥ずかしさに身を捩《よじ》った。

悟の舌が、口から離れ、首筋を舐め下りてくる。鎖骨のくぼみを舌先でくすぐられるのもたまらなかった。

「美味しい」

「っ……そういうこと、言わないでくださいっ」

ふみの顔は、恥ずかしさと気持ちよさで真っ赤だ。

「可愛い」

悟の顔が、さらに下りていく。ぷっくりと立ち上がった乳首を、飴玉でも転がすように舐められ、背中が跳ねた。

「悟さんっ！」

「ふみが本当に嫌ならしないよ」

本当に嫌、ではないから困る。

舌で、歯で、指で、敏感なところを絶妙な加減で刺激され、息が上がる。もっともっと、と、心が叫んでいるようだった。

「あっ……」

悟の右手が、いつのまにかスカートのなかに入ってきている。ストッキングを穿《は》いていない生身の太股を、何度もゆっくり撫で上げられて、がくがくと、腰が不随意に震えた。触れられたところから微弱な電気が走っているみたいだった。

「敏感だな」

可愛い、食べてしまいたい、と、悟は恥ずかしいことばかり言う。耳からも愛撫されているように感じてしまい、悟にしがみつくことしかできなくなる。

悟の顔はさらに下りていく。乳房の下を舐め、脇腹をくすぐり、ちゅうっと音を立てて内腿に吸い付く。ふみは涙の膜が張った目で、内腿に赤い跡が散っているのを見た。

熱い指先が、下着越しに、割れ目をなぞってきた。

「はうっ……」

腰がとろけそうなほど気持ちがいい。指先で敏感な肉芽を引っ掻くようにされ、目の前で星が散る。

「気持ちいい？」

脚の間で喋られると、吐息が内腿に当たる。ふみはびくっと震えて、太股で悟の頭を挟んでしまった。

「ふみ、苦しいよ」

悟がクスクスと笑い、内腿の肉を噛んでくる。かあっと顔が熱くなり、無意識のうちに腰が揺れた。

「直接触るよ」

「え……？」

なにを言われたのか理解する前に、ショーツの股布が横にずらされた。そして現れた割れ目に、悟の指が食い込んできた。

「ひあっ……！」

ふみはひっくり返った声を上げて、腰を跳ね上げた。

「おお、いい反応」

楽しそうに言って、食い込ませた指を上下に動かしてくる。朝のさわやかな空気にふさわしくない、ぬちゅぬちゅという濡れた音が、やけに大きく聞こえた。

「やっ……声、出ちゃうっ……」

「うん。聞かせて」

人に触られることに慣れていない体が、与えられる刺激を素直に受け取る。愛液がお尻の谷間を伝って、スカートを汚した。

「あっ……ふぁ、ああ……」

愛撫を続けられているうちに、羞恥を快楽が上回り、だんだんとなにも考えられなくなってきた。とろとろと、愛液と一緒に理性が流れ出ていっているみたいだ。自分の体なのに、自分で上手く動かせないのが不思議だった。

——ぴちゃり。

「んあぁ……？」

割れ目に当たっているものの感触が変わったことに気がついた。音も変わっている。まるで、猫が水を飲んでいるような。

なんだろう、とぼんやりした頭で考え、なにげなく視線を下ろす。

「えっ――」

割れ目に舌をつけている悟と、バッチリ目が合った。

「いやっ、うそっ！」

そんなところを舐めるなんて、信じられない。

ふみは悲鳴を上げて腰を捩った。しかし浮いた腰は腕一本でがっしりホールドされてしまい、べったり張り付いている舌から逃げることはできない。

「んっ、ハッ……悟さっ……！」

熱くぬめった舌が、たっぷりと溜まった愛液をすくい取るように、何度も下から上へ行き来する。ふみは右手を伸ばして、悟の前髪を掴んだが、ぐいぐい引っ張っても悟はびくともしなかった。

抵抗を諦め、両腕で目元を覆う。

全身が、燃えるように熱い。そしてその熱が、腰の奥へと収束してくる感覚があった。

「あっ……はぁっ、い、イッちゃうっ……」

「イッて」

膨れ上がった肉芽を、悟の舌が転がしてくる。どこよりも敏感なところへの愛撫に、追い詰められていく。

「ひうっ、あっ──あああっ！」

ふみは顎を跳ね上げて、小さく悲鳴を上げた。

限界まで膨らんで弾けた快楽が、脊髄から頭の天辺《てっぺん》まで駆け上がる。

「……っは、はー……っ」

ぎゅうぎゅうと悟の頭を太股で挟んで、ねっとりした粘度のある快楽に浸った。気持ちがいい。それ以外のことはなにも考えられない。

手足をベッドに投げ出して荒い息をついているふみの両脚から、濡れた下着が荒い手つきで剥ぎ取られた。

「あ……」

「もう我慢できない」

悟の表情には、初めてしたときのような余裕がない。強く求められていることを感じ、胸がきゅんとした。

悟が自分の着ているものを脱ぎ捨て、硬く勃《た》ち上がっているものにコンドームを被せて、力の抜けたふみの脚を割ってくる。

たっぷりと愛液を湛《たた》えた入り口に、熱いものの先端を押し付けられた。

「お願い、ゆっくり……」

まだ二回目だから、少し怖い。

「わかってる」

くちゅっ、と音を立てて、悟のそれが食い込んできた。痛くはないが、閉じ合わさっていたところを押し開かれる、強い異物感はある。

ふみが息を吐ききったところで、悟がジワリと腰を押し出してきた。ズズッと数センチ入り込んできて、また止まる。

「大丈夫？」

「は、はい」

同じことを何度か繰り返し、だんだんと深いところまで悟が入ってきた。

きつくて、熱い。

悟はふみの顔をじっと見下ろしている。湿った手が、頬を優しく撫でてきた。

「んっ……」

たっぷり時間をかけて、根元まで全部入れられたときには、お互いうっすらと汗をかいていた。

「ふみ……」

悟がゆっくりと上体を倒してきて、ふみの額に額をくっつけた。上と下でぴったりくっついていると、一体感がすごい。

「これからは、ずっと一緒だ」

「……はい」

切ないほどの幸福感が湧いてきて、ふみは悟の背中に腕を回した。

ふみは、あったかい家庭を知らない。悟も知らない。知らない同士でもきっと、いや絶対、幸せになれる。ふみはそう思った。

悟と一緒に作った思い出は、どれもキラキラ輝いているからだ。

「動いてください……大丈夫、だから」

「わかった」

額が離れたと思ったら、唇で唇をふさがれた。その状態で腰を揺すられ、喉の奥でくぐもった声を漏らしてしまう。

「んんっ……んうっ、んんっ……」

粘膜が引きつれるような感覚が少しあったが、軽く揺さぶられているうちになくなった。ねちっ、ぬちっ、と粘着質な音を立てて、体のなかを掻き混ぜられる。自分でも触れたことがない体の深いところに悟が触れていると思うと、不思議な気分だった。

ふみが苦痛を感じていないことを察したらしく、悟の動きがだんだんと大きくなる。太股を抱え直され、上からぐっと体重をかけて挿入された。

「あっ……ふ、深いっ……！」

奥の奥まで貫かれ、目の前で火花が散る。

「ふみ……ふみ……」

ふみの名前を呼びながら、遠慮のない動きで、悟が腰を叩きつけてくる。激しさに、振り落とされてしまいそうだ。

子宮の入り口を何度も叩かれ、そのたびに意識が軽く飛びそうになる。気持ちがよかった。肉芽を舐められたときのような鋭い快感とは種類が違う。重く、深い快感だ。

「あっ……あっ……あっ……」

一突きごとに、一段、また一段と、絶頂への階段を確実に上がっていく。

どこまで気持ちよくなってしまうのかと、本能的な恐怖を覚え、ふみは腰を捩った。しかし悟はがっちりとふみの太股を抱えたまま、離してはくれなかった。

「ああっ、ダメダメッ……！　あっ……んああっ！」

唇が震える。目からはボロボロと涙がこぼれていて、悟の顔がよく見えない。

「イッて、俺もイクっ……！」

貫いてくる悟のものが、ググッとひとまわり大きく膨らんだのがハッキリとわかった。

「悟さんっ——ああっ！」

体の奥で、快感が弾けた。悟の体を挟んでいる太股に痙攣が走り、膝から下が勝手に跳ねる。

「くっ……」

小さく呻いて、絶頂に達したふみのなかで、悟も達した。

びくん、びくん、と脈動するものを締め付けながら、ふみは汗まみれになった悟の背中にきつくしがみついていた。

絶頂の余韻を引きずったまま、ベッドの上で、ふたりピッタリとくっついている。

来週からは毎晩こうして一緒に眠ることができるのかと思うと、ふみは幸せだった。ひとり暮らしに不満があったわけではないけれど、好きなひとの肌の温もりを知る前には、もう戻れそうにない。

「――ランチは、近所に食べに行こうか」

悟の指が、髪を梳《す》いてくる。

「いいお店あります？」

「美味しいイタリアンを出す店が、すぐ近くにあるんだ」

「楽しみです」

額を彼の裸の胸に擦りつけて甘える。

イタリアンは嬉しいけれど、一緒に食べられるなら、ラーメンでも牛丼でも、なんでもよかった。

「食べに行く前に、シャワーを浴びたいです」

「せっかくだから、風呂沸かそうか。一緒に入ろう」

「え……」

「なにその、微妙な顔は」

一緒にお風呂なんて入ったら、絶対それだけでは済まなくなるに決まっている。ということを目で訴えると、悟はごまかすようにぎゅうぎゅうと抱き締めてきた。

「愛してるよ、ふみ」

「いまそういうこと言うの、ずるいですっ」

「ふみは？　言ってくれないの？」

ふみは真っ赤になって、悟の胸に顔を埋めた。

「うう……あ、愛して、ます……」

「よし、じゃあ風呂沸かしてくる」

悟が笑って体を起こす。その顔があんまり幸せそうだったから、まあいいか、とふみは思った。

エピローグ

十一月の某日。

ふみと悟は、無事竣工したインプレス桜が丘に引っ越してきた。

ふみがインプレス桜が丘のモデルルームに配属されてから、ずっと一番いいなと思っていた、最上階の南西向きの角住戸だ。

リビングの大きな窓からは、広い公園が見渡せる。最上階でも十階と、地面から離れすぎていないのがいい。散歩しているひとたちや遊具で遊んでいる子供の姿が見えるし、春になればきっと丸い遊歩道にぐるりと植えられた桜の花が楽しめるだろう。

内装工事が始まる前に買ったので、部屋のなかにはふたりのこだわりが詰まっている。

リビングのフローリングは、ふみの好きなオーク材のヘリンボーンだ。

悟の書斎には、壁一面の本棚を作ってもらった。

キッチンは、ふたりで立っても余裕のあるサイズのアイランドキッチンで、横には窓があってとても明るい。

「――いい家だな」

窓辺に立っていたふみの隣に、悟がやってきた。

「さすが悟さんの立てた企画です」

この部屋はもちろん、他のすべての部屋がリビングから公園を望める。駅からはほどよい距離で、落ち着いた環境なのもいい。駐車場が機械式ではなく平台で、各住戸にひとつ割り当てられているのも大きな利点だ。

「企画を立てたときは、まさか自分が住むことになるとは思わなかったけどな」

「私も、売っているときは、まさか自分が住むことになるとは思ってなかったですね」

十階建て約百戸の住戸にすべて自分たちのお客さんが住んでいると思うと不思議な気分になる。ふみは五年以内にはマンションを買いたいと思っていたけれど、単身者向けの物件しか考えていなかった。

「そういえば、うちの親が引っ越しが落ち着いたらまた食事に行こうって」

「あ、はい」

引っ越し屋に荷解きまで頼んだので、もう落ち着いているといえば落ち着いている。

悟の両親とは、顔合わせをして以来、結婚式の打ち合わせを兼ねて、たまに食事を共にしている。

まだ会うときは緊張してしまうし、自分には親がいないので接し方に戸惑うこともあるけれど、ふみは義両親が嫌いではない。口数が少ないけれど、会社にいるときよりちょっとだけ表情が柔らかくなっている義父も、義父には毒舌混じりだけれど、ふみには優しい義母も。

ただ、理想の夫婦だとは思わない。というか、理想の夫婦なんてふみにはいない。悟と自分が夫婦として暮らしていくなかで、自然とふたりだけの夫婦の形ができていくのだと思っている。

「引っ越し疲れたし、今晩は駅前のイタリアンでも食べに行こうか。あそこ、量が多くて美味かった」

「量が多くて美味しいからダメです」

「ええっ、そんなぁ」

「そんな顔してもダメです」

悟はがっかりした顔をしたが、ふみは譲らなかった。

いつもなら多少の体重の増減なんて気にするタイプではないふみだが、いまだけは太るわけにはいかないのだ。

「結婚式は来月なんですよ。せっかく選んだドレスが入らなくなったらどうするんですか」

ウエディングドレスは、オーダーメイドでふみの好みと体形にぴったり合うものを作ってもらった。そんな高価なものをと、ふみは初め遠慮したが、結婚式の規模の大きさを鑑みて受け入れた。

なにせ、宮間不動産の御曹司の結婚式なのだ。会社や取引先の重役、政財界の大物が数多く招かれるらしく、ふみはいまから緊張している。

ふみの方の招待客は、ひかると美由紀と吉川課長、それに隆史夫妻の五人だけだ。彼らの顔を見たら、きっとホッとしそうだ。

「結婚式楽しみだなあ」

悟が甘えるように後ろからぎゅっと抱きついてきた。

「皆に俺のふみを見せびらかせる」

生まれたときから御曹司だった悟は、結婚式程度では緊張しないらしい。自分が花嫁でよかったな、とふみは思った。新郎と違ってスピーチなどないし、ドレスを着てニコニコしていれば許されるところがある。緊張して顔が強張ってしまっても、「初々しい」と捉えてもらえるだろう。

「悟さん、お蕎麦食べたいです。夕飯お蕎麦食べに行きましょう」

「引っ越し蕎麦？　いいね。五時くらいになったら出ようか」

「はい」

ふみは悟に抱きつかれたまま、新居のリビングを見回した。家具はほとんど悟が一人暮らししていたときから使っていたものを持ってきたのだが、部屋自体がかなり広くなったので、雰囲気はずいぶん変わった。サトルンは今日は、緑色の服を着て、ソファでゆったり寛いでいる。

「今日中に、もう少し片付けておきたいんですよね……」

明日までは休みを取っているが、明後日からは普通に仕事だ。しかし悟の腕のなかは温かく、なかなか出る気になれなかった。

ふみは当面、仕事を続けることになっている。悟は辞めても続けてもどちらでもいいと言ったのだが、ふみは専業主婦になりたいとは思わなかったし、十月に合格が発表された不動産鑑定士の資格を生かしてしばらく頑張りたかった。

子供ができるなど、状況が変わったら、またそのとき考えようということになった。

「もう十分片付いてるよ」

悟も離してくれる気はなさそうだ。

「――ここで、ずっと暮らしていくんですね」

じわじわと実感が湧いてきた。

窓からの景色に四季を感じながら、悟と一緒にここで年を重ねていくのだ。

半年前には誰とも付き合ったことすらなかったのに、夢みたいな話だ。でも夢ではないのだと、悟の体温が教えてくれる。

なんだか胸がいっぱいになって、ふみは悟の腕のなかでくるりと向きを変え、彼の背中にしがみついた。

「悟さん、これからもよろしくお願いします」

「俺こそよろしく――愛してるよ」

悟の顔が近づいてくる。贈られた口付けは、この上なく優しかった。

初めてづくしの新婚旅行

「海系？　山系？　どっちがいい？」

悟が真面目な顔で尋ねてきた。唐突にもほどがある。

「なんの話ですか」

ふみは食事の手を止めずに聞き返した。『小料理屋　たか』の大将直伝の炊き合わせは、我ながらいい出来だ。

一月の半ばを過ぎた日曜の夜だった。二百人ほどを招待した結婚式と披露宴は先月無事に終わり、引っ越しや式の準備、さらにクリスマスやら正月でずっとバタバタしていたふたりの暮らしはやっと落ち着いたところだ。

「なにって、あれだよ。新婚旅行だよ」

新婚旅行。

世の中の新婚さんがそういうものに行くという知識はもちろんあるけれど、自分たちも行くという発想がなかったので、純粋に驚いた。

そもそもふみは、修学旅行以外の旅行をしたことがない。ちなみに行先は京都《きょうと》と奈良《なら》だった。

「新婚旅行といえば、温泉なんじゃないんですか？」

「渋いな」

「『たか』の大将は、熱海《あたみ》に行ったって昔言ってました」

「熱海！　昭和を感じる」

「それじゃ、草津《くさつ》とか？」

「いや、俺だって温泉は好きだけれども。せっかく結婚休暇が一週間取れるんだから、こんなときにしか行けないところに行きたい」

「そんなに休めるんでしたっけ。太っ腹な会社ですね」

『たか』でのアルバイトを辞めてしまったため、宮間不動産の仕事が一週間休みだと、本当に一週間まるまる休みだ。

高校に入ってすぐアルバイトを始めて以来、ふみはそんなに長い期間仕事を休んだことが一度もない。喜ぶべきなのかもしれないが、そんなに時間があっても持て余してしまいそうだし、旅行に行くというのはいい案だと思った。

「こういう休暇は、俺みたいな立場のものが率先して取得した方が、他の社員も使いやすくなるんだ。だからきっちり一週間取ろう。で、海と山、どっちが好き？」

そんなこと、いままで考えたこともなかった。

「海……は、ゆりかもめに乗っているときに見ることがあるくらいですね。山は、中学の遠足で高尾山に行きました」

「そ、そうか」

ふみは旅行で行くような海と山について考えてみた。

海といえば、テレビで見た漁港のすぐ脇にある市場で食べられるという、その日取れたての刺身で作った海鮮丼がすごく美味しそうだった。

山は、富士山が一番に思い浮かぶ。一生に一度くらいは登ってみたい、かもしれない。

海鮮丼と富士山を心の中で天秤にかける。わずかながら、海鮮丼に傾いた。

「どちらかといえば、海……かな」

「お、いいね」

「でも特にこだわりはないので、悟さんの行きたいところでいいです」

「了解。任せといてくれ。いいところ探しておくから」

ふみは張り切っている悟を見てほほ笑む。旅行先は、本当にどこでもよかった。悟とならきっと、どこへ行っても楽しい。

ふみと新婚旅行について話した翌日の移動中、悟は運転席にいる川中に話しかけた。

「川中は新婚旅行、どこに行ったんだっけ」

「沖縄《おきなわ》です」

「んー、海だけど国内かあ」

「いいところだぞ、沖縄。水牛車に乗れるし、蛇を首に巻ける」

「い、いや、そんなに巻きたくはないかな」

爬虫類を見るのはわりと好きだが、特に触れ合いたくはない。

「新婚旅行先なんて大事なことは、夫婦でちゃんと話し合って決めた方がいいんじゃないのか？　特にお前は相手とろくに話し合いもできなくて、一回失敗してるんだから」

「ぐっ」

悟は矢で射貫かれたように胸を押さえた。ここで一度目の結婚での失敗を突かれると痛い。

ちなみに前妻とは、彼女の希望でヨーロッパに行き、定番の観光地や美術館などを巡り、ショッピングを楽しんだ。彼女は満足そうにしていたが、自分は自然の豊かなところの方がよかった、とは言えなかった。

「……少しは話し合いました」

「少しかよ」

川中はそう言うが、ふみは本当にどこでもよさそうな様子だったのだ。旅行経験がなさすぎて、温泉地しか思いついていなかった。ふみと日本全国温泉巡り、なんていうのも楽しそうだが、それはもっと年を取ってからでいい。

「あと、サプライズがしたい」

「サプライズって、海外旅行じゃ難しくないか？　まず彼女、パスポート持ってないだろ、たぶん」

「あ」

そう言われるとそうだった。

「そっか……ふみにとって初めての海外旅行になるのか……」

ふみのパスポートのまっさらな査証欄に、自分との旅行の判子が押されるのを想像すると、くすぐったいような気分になった。

「パスポート、ですか」

ふみはパチパチと目をしばたたかせた。

ふたり揃っての休みで、近所の蕎麦屋に昼食を食べにきている。揚げたてサクサクの海老天が美味しい。

「そう。申請してから受け取るまで十日くらいはみた方がいいから、なるべく早く戸籍謄本を取って、パスポートセンターへ行ってきてほしい」

「それは、新婚旅行で海外に行くからということですか？」

「そうそう。海の綺麗な国へ行こう。三月は年度末で忙しいから、できれば来月のうちに行きたい」

海外の海と言われて真っ先に思い浮かべたのは、テレビで見たハワイだ。海がエメラルドグリーンで、東京とは別世界みたいに綺麗な色をしていた。

「すごい。私、飛行機に乗るの初めてです」

「えっ⁉」

「修学旅行も、新幹線だったので」

「そっか……そうだよな、京都と奈良なら」

初めての修学旅行以外の旅行で、初めての飛行機で、初めての海外。初めて尽くしの新婚旅行がいまから楽しみになってきた。

パスポートを取得し、水着など旅に必要なものを用意しているうちにあっという間に旅立つ日の前日になった。

「それで、結局どこの国に行くことになったの？」

お客さんのいない時間に、美由紀が尋ねてきた。

インプレス桜ケ丘のモデルルームは完売と同時にクローズされたが、その次のマンションでも美由紀とは一緒になった。

「それがよくわからないんですよね。海の綺麗なところとしか教えてくれなくて」

「ハワイ……はベタすぎるか。ビザ取ってないってことはバリ島でもないだろうし……」

「山口さんは海外旅行って行ったことあります？」

「何度かね。ハネムーンはまだかな」

美由紀が口を開けてアハハと笑う。美人なのに気取っていないところが、ふみは好きだ。

「そういえば、一週間もお休みいただいてすみません」

ふみが一週間休むということは、美由紀が一週間連勤になるということなのだ。

「いいのいいの、その分、私がハネムーン休暇もらうときは頑張ってもらうから」

「え、ご予定あるんですか？」

「んー、ないかな」

また美由紀がアハハと笑う。

「お土産いっぱい買ってきます」

「気を使わなくていいよ。ハワイ饅頭かハワイサブレくらいで」

「ハワイといったら、マカダミアナッツチョコじゃないんですか……って、やっぱりハワイなんでしょうかね？」

「わかんないけど。案外ベタなタイプかもしれないし、うちの会社ハワイにも物件建ててるし」

「そうでしたっけ」

国外のマンションもいくつか手掛けているのは知っていたが、英語の話せない自分がそんなところに派遣されることはないだろうから関係ないと思っていたので、具体的にどこにあるかまで覚えていなかった。

ふみはテレビや雑誌で見たことのあるハワイの景色を思い浮かべた。南国っぽい木が道の両脇に生えていて、ビーチは真っ白い砂、海は綺麗な青で、歩いているひとは皆サーフボードを持っている。自分がそんなところに行くなんて、直前だというのにまだ信じられない思いだった。

いよいよだと思うと興奮してしまってあまり眠れないまま、旅行当日の朝を迎えた。

ふみは空港も初めてだったので、ついきょろきょろしてしまった。平日でも、大きなトランクを持った家族連れやカップル、ビジネス客のようなひとで空港は賑やかだった。

荷物を預け、出国手続きをして、飛行機に乗り込む。

行先は、空港に着いたときにやっと教えてもらえた。ふみはてっきりハワイだとばかり思っていたのだが、モルディブだという。

モルディブ。なんとなく名前は聞いたことがある気がするけれど、いったいどこにあるのかまったく見当がつかない。海が綺麗な国らしいし、着替えはTシャツやショートパンツのようなものばかり持っていくよう指示されたから、とりあえず南の方だろうと雑に理解した。

フライトは十二時間以上になるということで、座りっぱなしでは膝や腰がつらそうだなと思っていたが、飛行機の座席は想像していたよりずっと広々としている。座席というか、ひとり用のブースのようだ。

「眠くなったら背もたれを倒すといいよ。フルフラットになるから」

「そうなんですか。すごいですね」

席に着いたふみは窓に張り付いた。なんといっても初めての飛行機なのだ。飛び立つ瞬間を見逃したくなかった。

シートベルトをするよう放送が流れ、キャビンアテンダントがひざ掛けをくれる。

飛行機が、ゆっくりと滑走路を走りだす。

ふみはわくわくしてきた。悟と行ったテーマパークで、初めて乗り物に乗ったときのような気分だった。

徐々にスピードが上がり、ふわりと機体が浮く。

「悟さん、悟さん、飛びました！」

思わず通路を挟んで隣にいる悟の腕をつかんだ。悟はふみを見てにこにこ笑っている。

「そうだな」

ぐっと座席に体を押し付けられるような重力を感じる。みるみるうちに高度が上がっていく。下に見える街並みは、航空写真のようだ。窓の外の景色に夢中になっていると、やがて白いもやで何も見えなくなった。

「いま雲の中を飛んでいるよ。抜けたらどこまでも青空だ」

「雲」

ということは、いま窓から手を出せば、雲に触れるのか。

ぜひそうしてみたかったが、あいにく窓は開けられる構造ではなさそうだ。

そこから五分ほど飛行したところで、目の前がパッと開けた。

「わあぁ……」

思わず声が出た。

目が覚めるような真っ青な空の下に、もこもことした雲の絨毯が広がっている。ポンと飛び降りたら、雲の上に乗れそうだ。

ふみはいつまでも外の景色に見とれていた。悟はイヤホンをして、目の前のテレビで映画を観ている。

途中何度か食事を挟み、座席を平らにして仮眠を取った。

コロンボで飛行機の乗り継ぎをして、モルディブに着いたときには夜になっていた。

「大丈夫？　長かったから疲れたろ」

ふみは首を横に振った。

「途中で眠れたから、全然平気です。お食事も美味しかったです。食べたことのない味がして」

二回目の食事のとき出てきたカレーはスパイスがきいていて、普段自分が作るのとまったく違う料理のようだった。

空港の入国審査を済ませると、真新しいパスポートに入国の証のスタンプが押された。

悟の方のパスポートには、何ページにもわたっていろんな国のスタンプがたくさん押されている。

「すごいですね。もう押すところがなくなってしまいそう」

「ほとんど仕事だよ」

「宮間不動産って、海外の物件も扱ってるんでしたね」

「少しね。ハワイとか、フィリピンとかドバイとか」

会社案内などにも載っているのだろうけれど、自分には関係ないと思っていたから、全然目に入っていなかった。

「そういえば悟さん」

「なに？」

「ここまで来ておいてなんですけど、私英語まったく話せません」

日本語のまったく話せない客がモデルルームに来ることはめったになかったし、英語で説明した方がいいときには課長に対応を任せてしまっていた。

「俺がそこそこ話せるから大丈夫」

「頼もしい、さすが悟さんです」

「やった、褒められた」

ハハハと笑い、ターンテーブルで預けた荷物を受け取る。

ふみは海外旅行が初めてだから、旅慣れた悟と一緒にいられるのは非常に心強い。

税関を通過して到着口から出る。扉が開くと、むわっとした空気に出迎えられた。日本は冬だったのに、ここは半袖で過ごせるような暑さだ。

「ミヤマサン？」

声を掛けられそちらに目をやると、現地のひとらしき男性が『ミヤマサトルサマ、フミサマ』と手書きで書かれたボードを持って立っていた。

悟が右手を出し、握手して笑顔で挨拶した。

「宮間です、どうぞよろしくお願いします。こちらは妻のふみ」

さすがにこれくらいの英語は聞き取れる。妻扱いされるのは、まだ慣れないので少々照れてしまうが。

「彼は俺たち専属のバトラーだ。滞在中はなにかとお世話になる。レストランやアクティビティの予約とかね」

バトラー。執事という意味だったか。二十五年間生きてきて、執事に世話になる日が来るとは思っていなかった。

持ってきたトランクは、台車に積んでバトラーが運んでくれた。空港を出るとそこはもう、すぐ海だった。外はもう暗いから、色こそ黒っぽいが、空港の光を反射してキラキラして見える。

「悟さん、海です」

「まだまだこんなもんじゃないぞ」

バトラーに案内されて船着き場へ向かう。二十人は乗れそうな船が、ふたりの到着を待っていた。

今回の飛行機でここに着いたのは、ふみたちを含め三組のカップルのようだ。それぞれ船に乗り込み、荷物を積んでもらうと、船はすぐに動き出した。

ふみにとっては、船も初めてだ。おとなしく座席に座っていられず、飛行機のときと同じように窓に張り付く。

空港の光が遠ざかっていく。夜の波は穏やかだった。

滑るように海の上を進み、三十分ほどで船は目的地に到着した。

バトラーの手を借り、桟橋に上がる。海の色は暗くてよくわからない。

飛行機内で悟に聞いたところによると、モルディブは一島一リゾートというのが基本らしく、この島で四日間を過ごすことになるのだという。

長い桟橋を進み、島に渡るとすぐに木材でできた平屋の建物があった。そこがレセプションらしい。

ウェルカムドリンクのお茶をもらい、辺りを見回してみる。暗くてわかりづらいが、ホテルのような背の高い建造物はどこにも見当たらない。客室も平屋だということだろうか。

チェックインの手続きを終えた悟が手を振ってきた。

「行こう」

「はい」

バトラーと三人で、島内の細い道路を歩きだす。静かだった。右手には、少ない建物の照明に照らされて、白砂の海岸がかすかに見える。

いくらも歩かないうちに、さっきとは別の桟橋に出た。桟橋の両脇には、コテージのようなものが等間隔に並んでいる。なんだか不思議な光景だ。

「もしかして、これが客室ですか？」

夜中ということもあり、つい小声になった。

「そうだよ。今日から四日間、水の上のヴィラに泊まるんだ」

悟はいたずらっぽく笑った。

けっこう歩くなと思ったら、桟橋の一番奥にあるヴィラが悟とふみの部屋のようだった。バトラーに促されてなかに入る。室内は東京の家のリビングくらいの広さで、ほぼすべて木材でできた南国らしい部屋だった。インテリアも素朴な感じで、これは落ち着くなと思った。

そして窓の外には、部屋と同じかそれより広いくらいのバルコニーが広がっている。

「バルコニーにはプールがあるよ。明日入ろう」

「海の上にいるのに、プールまであるんですか！」

なんと贅沢な。どっちかでいいだろうにとふみは思ってしまったが、悟は涼しい顔をしている。

「それはそれ、これはこれだよ」

部屋のなかをあちこち見ているうちに、一度退室していたバトラーが、サンドイッチやフィンガーフードなどのルームサービスの軽食を持って戻ってきた。機内食で夕食は摂ったものの、小腹が空いていたから、これはありがたい。

悟はバトラーとなにごとか話し合い、オーケーを出してから席に着いた。バトラーが一礼して出ていく。

「明日のことですか？」

ふみはさっそくサーモンのカナッペに手を伸ばした。上にキャビアがのっているのが豪華だ。

「そう。モルディブは基本的に一度入った島から出ることはないから、食事はなかのレストランで済ませるんだ。夕食のレストランの予約と、朝食のルームサービスを頼んでおいた。それから、朝食を摂ったら、スノーケリングに行こうと思うんだけど、ふみは泳げる？」

悟も空腹だったらしく、サンドイッチに手を伸ばしてもりもり食べている。

「大人になってからは一度も泳いでませんけど、中学までは体育で普通に泳げていたので、大丈夫だと思います」

「よし。じゃ、楽しみにしてて」

「はい」

八割がた食事が済んだところで、ふみは小さくあくびをした。飛行機も船も楽しかったけれど、長い移動でそれなりに疲れが溜まったようだ。

「風呂に入ったら、すぐ寝よう。明日からは海三昧だよ」

南国らしい花びらを浮かべたバスタブにふたりでゆったり入ったあとは、キングサイズのベッドでぐっすりと眠った。

翌朝は、ふみの方が早く目が覚めた。

カーテンを閉めていなかったので、外の景色がいきなり目に飛び込んできて、自分がいまどこにいるのか一瞬わからず混乱する。

──そうだ、外国に来たんだった。

悟を起こさないよう、そっとベッドを出る。

バルコニーに出て、全長十メートルほどのプールの手前に立った。

「わあぁ……」

この海は、いったい何色と表現したらいいんだろう。ヴィラの手前から数メートルはすごい透明度で、下のサンゴ礁がよく見える。そこから奥に行くと、青にほんのわずかに緑を混ぜたような海がどこまでも広がっていた。濃くて力強い色で、空の青とはまた別の色だ。

バルコニーには、ゆったりと横になれそうな木製の長椅子や、食事の摂れそうなテーブル、ソファなどが置かれていた。バルコニーというか、もうひとつのリビングという感じだ。そしてバルコニーの端には階段があって、そのまま海へ下りていけるようになっている。

「──おはよう」

外の景色に夢中になっている間に起きてきた悟が、後ろから抱きついてきた。

「おはようございます。悟さん、見てくださいよ、海。めちゃくちゃ綺麗です」

「気に入った？」

「はい」

「それはよかった」

悟はふみの肩口にぐりぐりと額を擦り付けてきた。

「見てます？　海」

「海もいいけどふみもいい」

「ふみは東京でも見られるので、海見てくださいよ」

「見てる、見てる」

モルディブと日本には四時間の時差があるせいか、悟は普段の寝起きよりぼんやりしている。一方ふみは、たくさん寝たし初めての海外でテンションが上がっているせいか、元気いっぱいだ。

「朝食を食べたら、スノーケリングをするんでしょう？　しゃんとしてください」

「そうだった、朝食が来る。水着に着替えよう」

「え？　それって、自分が食べる魚は自分で捕まえてこい的な……？」

「違う違う」

悟は笑いながら否定してふみから離れた。

「いまモルディブで流行ってるらしい、フローティングブレックファストを頼んだんだ」

「フローティング……浮いてるってことですか？」

「そう。トレーにのった朝食をプールに浮かべて食べる」

ふみは露天風呂にたらいを浮かべてとっくりとお猪口で晩酌する光景を想像した。あんな感じだろうか。

「さ、早く早く」

悟にせかされるようにして水着に着替える。今回の旅行のために買った紺色にピンクのボタニカル柄の水着とラッシュガードのセットは、まだ着慣れなくて、なんとなく気恥ずかしい。露出度はそれほどでもないのだが、普段スポーティーな格好をすることがほとんどないからだ。

少しして、昨日のバトラーが大きな籠のトレーにのったふたり分の朝食を持ってきてくれた。色鮮やかなフルーツや野菜がたっぷりだ。それに焼きたてのオムレツやパン、オレンジジュースに温かいお茶など、食べきれないほどの量がある。

バトラーが退室してから、さっそくプールに入ってみる。外気温が温かいから、プールの水も冷たくない。

軽く泳ぎ、トレーのところへ行く。同じく水着に着替えた悟がお茶を注いでくれている。

「いただきます」

プールは足がついた。立ち食いになるということだ。行儀が悪い気もするが、他の誰が見ているわけでもない。

水平線を眺めながらプールのなかで食べる食事は、最高に美味しかった。

プールの端から海を見下ろす。透明度が高いから、サンゴ礁のなかを、色とりどりの魚が泳いでいるのが肉眼でも見える。

「……静かですね」

波の音だけがかすかに聞こえる。隣のヴィラからはなんの音も聞こえてこない。まだ眠っているのかもしれないし、レストランに朝食を摂りに行っているのかもしれない。

「一部屋ふたりまでしか泊まれないし、グループで来て騒ぐようなところじゃないからな。この島は十五歳未満の宿泊も不可だし」

「そうなんですか」

大人のためのリゾート地と言われると、自分が果たしてそんなところに来るのにふさわしいのか、自信がなくなる。

「どうかした？」

「……悟さんは、なんでも知ってるんですね」

「そう？」

「外国にも詳しいし」

「でもモルディブは初めてだよ、俺」

「そうなんですか？」

「俺の海外旅行経験なんて、仕事ばっかりだよ。ここはマンション建てるようなリゾート地じゃないからね」

なんだ、初めて同士だったんだと、ちょっと気が楽になった。

「このフルーツ美味しいです。なんて名前なのかわからないですけど」

「俺もわからない。美味いな」

お喋りしながら摘んでいるうちに、とても食べきれないと思った朝食は、綺麗にふたりのお腹に収まってしまった。

三十分ほどバルコニーの長椅子で食休みをしてから、ふたりで桟橋を島の方に向かって歩き、ウォータースポーツセンターへ向かった。そこでは、スノーケリングをはじめとして、ダイビングやサーフィン、カヌーなどのアクティビティが楽しめるのだ。

さっそくガイドの同行を依頼して、スノーケリングをしてみることにする。ふみはもちろん、初めてだ。

白砂の上で準備運動をしてから、用具の扱い方の説明を受け、装着していく。ガイドは日本語がまったく話せない。悟が英語を使えてよかったと心から思った。

ゴーグルと、呼吸用のパイプであるシュノーケルを装着し、ライフジャケットを身に着ける。足にはフィンと呼ばれる足ひれをつけた。

専門的な器材を必要とするダイビングと違い、泳げないひとでもできるくらい簡単だというが、だんだん緊張してきた。なんといっても、泳ぐのは十年ぶりなのだ。しかも学校のプールでしか泳いだことがない。

「よし、行くぞ」

悟が肩を叩いてくる。彼はふみとは違い、ダイビングのライセンスを持っているらしいので、スノーケリングくらい余裕なのだろう。それでもガイドを頼んだのは、彼らはこの辺りの海を熟知しているからだ。

島の周りをぐるりと囲むサンゴ礁を、ハウスリーフという。海は浅く、サンゴ礁の間には多くの魚が生息している。そのなかでもどの辺りに魚が多いか、ガイドはよく知っている。

ガイドのあとについて、海に入る。フィンを使った泳ぎを軽く練習したら、少し離れたポイントまで案内された。ガイドが前を泳いで先導し、悟が後ろからついてきてくれているので、心強かった。これならたとえ溺れても安心だ。

ガイドが泳ぐスピードを緩めた。魚の多いポイントに着いたのだ。

探すまでもなく、目の前のサンゴ礁にたくさんの魚がいた。群れになって泳いでいる黄色い魚は、おそらくヨスジフエダイだ。白と黒の横じまは、ムスジコショウダイ。昨日軽く予習しておいたので、なんとなく種類がわかった。

カクレクマノミもいた。ダイビングをすればもっと魚を近く感じられるのかもしれないが、いまだって十分距離が近い。

ふみはいちいち大興奮していたが、声が出せないので、ひたすら悟に視線を送った。

悟は優しい笑顔でふみを見つめ返してくれた。

ガイドがまた勢いをつけて泳ぎだしたので、ついていく。海の中で向きを変え、静かに、と言うように唇の前に指を立ててくる。

彼の視線の先を追うと、一メートル近くある大きなウミガメがいた。サンゴの間で眠っているのか、全然動いていない。

三人でウミガメを囲むようにして、じっくり観察する。視線を感じたのか、ウミガメがピクリと動いた。それから億劫そうにゆらりと浮き上がり、ゆったりと泳ぎだした。

ウミガメを間に挟むようにして、悟と泳ぐ。会話がしたかったけれどできないので、視線だけ送ったが、ふみが興奮しているのは伝わったようだ。

それからウミガメが進路を変え、海の深くなる方へと向かったので、手を振ってさよならした。

一時間ほどのスノーケリングを終えて、砂浜に上がる。

「どうだった、初めてのスノーケリングは?」

「すごかったです、天然の水族館みたいで。水族館には行ったことないですけど」

「今度行こう。ウミガメが見られたのは運がよかったな」

「ついていったら、竜宮城に行けたかも」

「次はついていってみよう」

栈橋を歩きながら、海の中でお喋りできなかった分、夢中になって話した。そんなふみを、悟は嬉しそうに見つめていた。


島内にあるレストランでビュッフェ式の昼食を摂ったあとは、水上にあるスパの個室でマッサージを受けることになった。ふみにとっては、初めてのマッサージだ。

白壁で天井の高い六角形の個室には施術台がふたつあり、その間にはさりげなく目隠しの暖簾がかけてあった。

セラピストらしき女性が、リネン製の薄いTシャツと短パンを差し出してきた。英語ではあったが、着替えるように言っていることくらいは伝わってきた。Tシャツと短パンの間には、ショーツまである。アロマオイルを使うからだろうか。

着替えを済ませ、施術台の上にうつ伏せになる。甘い匂いがしてきた。ココナッツオイルだろうか。セラピストが両手にたっぷりとオイルを垂らしているのが見えた。そんなところをひとに触られることがないので、ビクッと震えてしまう。

始めます、というようなことを短く言って、足に触れられた。そんなところをひとに触られることがないので、ビクッと震えてしまう。

しかしくすぐったいと思ったのは一瞬で、グーっと痛みを感じるぎりぎりの強さで親指と人差し指の間を押された。十秒ほどそのまま押され、隣の人差し指と中指の間に移る。小指と薬指の間まで終わったら、今度は足の指の間全部にセラピストの手の指が入れられ、ぎゅーっと握られる。そのままぐるぐると足首を回されて痛気持ちいい。

「悟さん、これって全部で何分くらいやってもらうんですか」

隣の施術台で同じマッサージを受けている悟に尋ねた。

「百二十分で予約してある」

二時間。どうりで足の指だけでこんなに丁寧にやるわけだ。

「眠ってしまいそうです」

「眠ってもいいよ。マッサージは続けてくれるから」

それはそうなのかもしれないが、せっかく全身揉み解してくれるというのに眠ってしまうのはもったいない。

できるだけ頑張って起きていよう。

そう思ったはずなのに、ふみは下半身へのマッサージが終わった辺りで見事に寝落ちてしまった。

――トン、トン。

遠慮がちに肩を叩かれ、ハッと目が覚めた。

「終わったよ」

悟が笑い混じりに言ってきた。

「よく寝てたな」

「悟さんは？」

「俺？　俺は起きてたよ」

「……なんだか負けた気分です」

「それだけ気持ちよかったってことだ、よかったじゃないか」

ふみは起き上がってぐるぐると腕を回してみた。体がすごく軽い。背中に羽が生えたみたいだ。爆睡していた間もしっかり揉み解してくれていたのがよくわかる。

もとのTシャツとショートパンツに着替えをして、セラピストにお礼を言い、スパを出る。

そのとき悟が彼女たちになにか渡したのが見えた。

「なんですか、いまの？」

「ああ、チップだよ」

「チップ」

そういえば、外国ではサービスを受けるとそういうものが必要になる、という知識はあった。

「すみません、私そういうこと全然気にしてませんでした」

「俺が払ってるから大丈夫」

「悟さんが旅慣れてるから助かります」

「任せなさい」

頼られるのが嬉しいのか、悟が得意げな顔になる。おかげでふみは、自分が気が利かないことを気にしないで済む。

「ふみ、甘い匂いがする」

「ココナッツオイルをたっぷり塗られましたからね」

悟からも同じ匂いがした。

「……美味しそうだな」

悟が指を絡めてきて、ふみの耳元で言った。

「悟さん……」

そういう空気を察して、ふみは戸惑う。

「まだ昼です」

「もうすぐ夕方だよ。部屋から見える夕焼けはすごく綺麗らしい。楽しみだな」

昨日は日が落ちてから島に着いたので、見られなかったのだ。

本当に夕陽が見られるのか少々疑わしいなと思いながら、ふみは悟に手を取られたまま自分たちのヴィラに戻った。

たっぷりとマッサージされたせいかずいぶん喉が渇いていたので、部屋のミニバーからミネラルウォーターのペットボトルを取り出し、グラスに注いで飲んだ。悟は南国フルーツのミックスジュースらしき小瓶を取り出し、腰に手を当てて一気飲みしている。

「うん、美味い」

ふみは窓の外を眺めた。空はまだ青く、ところどころに白い雲が浮かんでいる。夕焼けの気配はない。海は水平線に近づくにつれ、濃い青になっていく。東京では絶対に見ることができない景色は、いくら見ても見飽きることがなかった。

「ふみ」

いつのまにか真後ろに来ていた悟が、腕を首に回してきた。

「本当に美味そうだ」

べろりと首の後ろを舐められ、ぞくぞくした。

「うん、甘い」

ふみは試しに自分の手の甲を舐めてみた。甘い匂いはするが、特に味はしない。

「悟さん」

「うん、ベッドに行こう」

せめて夜にしようという意味で呼んだのだが、腰を抱いてずんずんと歩かれ、ベッドに連れていかれる。

自宅のベッドもかなり大きいと思っていたが、ここのものはさらに一回り大きい。押し倒されてから、窓の方を見る。

カーテンどころか、窓まで全開だ。

「悟さん、窓」

「うん、開いてるね」

「閉めましょうよ」

「誰も聞いていないよ」

たぶん無理だろうなあと思いながら言ったのだが、案の定まるで聞いてくれない。

まあいいか、とふみにしては珍しくあっさり諦めた。日本から遠く離れた旅先で、開放的な気分になっているのかもしれない。

悟が上からのしかかってきて、ふみの体をぎゅっと抱いた。

「悟さんから、ココナッツの匂いがします」

慣れていなくて、なんだか変な感じだ。

「ふみもだよ」

悟がふみの首筋に鼻を埋めてフンフンと匂いを嗅いでくる。

お互いの体からする甘い香りに、むせかえってしまいそうだ。悟の真似をして、首筋に鼻を埋めて息を吸ってみたら、くらくらした。

ぼんやりしている間に、着ていたブラジャーとTシャツを脱がされていた。暑い島で軽装で過ごしているから、あっという間に裸に剥かれてしまう。

ふみは自分だけ全裸なのが恥ずかしくて、布団のなかに潜った。

悟もパッパと脱いで裸になり、もそもそとふみの隣に入ってくる。

「ふみ……」

悟の顔が近づいてきて、唇と唇が重なった。口を開いて、彼の舌を迎え入れる。

まぶたを閉じてキスの感触を味わう。情熱的な口づけはたしかに悟のやり方だし、舌の味もよく知っているものなのに、鼻から入ってくる彼の体臭だけがいつもと全然違い、頭が混乱してしまいそうだ。

一瞬、別の人とキスしているのではと思ってしまい、薄く目を開いたら、悟とバッチリ目が合った。

「ん……なんで、目開いてるんですか……」

「いや……一瞬ほんとにふみとキスしてるのか、不安になって」

考えることは同じらしい。

なんだかおかしくなって、ふみは悟の唇から唇を離し、頬やこめかみにキスしていった。

「ふみじゃないかもしれませんよ」

「そうなのか？　だったら、俺のふみはどこへ行ってしまったんだ」

「竜宮城」

「あのウミガメ野郎……次にあったら刺身にしてやる」

ふみは声を上げて笑った。

「ウミガメって、刺身で食べられるんですか？」

「さあ、どうだろう」

入念にオイルマッサージをしてもらったおかげで、触れ合っている肌の質感がいつもとは違い、しっとりしている。

「マッサージ、気持ちよかったですね」

「うん。俺肩の辺りががっちがちだったらしくて、セラピストが驚いてた」

「働きすぎです」

「そうはいっても、それこそ今回みたいな理由でもないと、なかなか長期では休めないしなあ」

「長期休みは無理でも、一泊か二泊で国内の温泉くらいは行けるんじゃないですか」

「そうだな。次はそういう旅行をしてみよう。露天風呂付きの客室でふみといちゃいちゃしたい」

「いちゃいちゃって」

まさにいまいちゃいちゃしながら、未来のいちゃいちゃする話をする。これではまるでバカップルだ。

でもいいか。どうせ誰に見られているわけでもないのだから。

「あっ……！」

胸の先にちゅうっと吸い付かれ、完全に油断していたので大きな声を出してしまった。

「マッサージより気持ちいい？」

「そんなの、比べるものじゃ……んっ」

セラピストの女性とは違う、大きくて力強い手が両方の乳房を持ち上げるように揉んでくる。

「可愛い、ふみ」

悟の顔が下りてきて、右の乳房の上の方に吸い付かれる。ちょっとピリッとしたので、あとを残されたのだとわかる。

これで、泳ぐときはラッシュガードを脱げなくなった。

あちこちにキスをしながら、悟はふみの体にくまなく触れてくる。いつも愛撫は丁寧ではあるけれど、それともまた違う感じで、指の一本一本にまで刺激を与えてきた。

「……悟さん？」

「あのセラピスト、俺のふみを二時間も触り放題だったと思うと、正直妬ける」

「そんな二時間飲み放題みたいな」

しかもセラピストがしていたのは仕事であり、ふみが気持ちよくて眠ってしまったあともマッサージを続けてくれていた。

「上書きするためにも、俺は三時間触り放題にしようと思う」

「上書きって……きゃっ」

太股の内側のきわどい部分を悟の指が撫でてきた。

マッサージのときだって触れられた場所なのだが、相手がいやらしい意図を持っているかどうかで感じ方が全然変わるものだ。しかし、そんなことを考える余裕は、徐々に失われていった。

「ああ……」

うつ伏せにされて、膝裏からお尻の方に向かって、両足をマッサージされる。セラピストより力が強いが、さっきよく解されたからか、痛くはない。それよりも、お尻の方まで手がきたときに、親指が太股の付け根を押すのが気になってしかたない。

だって、さっきのマッサージのときとは違って、裸なのだ。ふみは枕に顔をうずめているが、悟からはふみの恥ずかしいところが丸見えだ。

恥ずかしいのともどかしいので、つい腰をもじつかせてしまう。

じれったいマッサージは続く。今度はお尻の両脇に親指を当てられ、ぐーっと押された。痛気持ちいい。

そして油断していたところへ、悟の指が脚の狭間にスッと入ってきた。

「あっ！」

反射的に脚を閉じようとしたが、間に悟の膝が入っていて閉じられなかった。

触れられたところが蜜にまみれていることが感触でわかり、顔が熱くなる。

「すごい濡れてる」

「わ、わざわざ言わないでください……」

「さっきのマッサージのときも濡れた？」

「そんなわけないじゃないですかっ」

「そう。よかった」

満足げに言って、悟は割れ目にそって指を動かしてきた。

体を解されたあとだからなのだろうか、怖いくらいに感じた。枕に顔を埋めていても、声が漏れるのを抑えられない。

「んっ……んぁ……」

甘ったるいココナッツオイルの香りに負けないくらい甘い声がふみの口から溢れ出る。

くちゅり、という濡れた音も開かされた脚の間から聞こえてくる。

ふみは窓が全開なのを思い出した。

「悟さん、窓……」

「うん、開いてるよ」

こともなげに言って、悟はうつ伏せになっているふみの腰を持ち上げてきた。

「え？」

胸はベッドにつけたまま膝だけ立てた体勢にされた、と思った次の瞬間、ぐっしょりと濡れた入り口に硬いものが押し当てられた。

「あっ、うそっ……！」

腰を逃がす間もなくずぶずぶと貫かれ、ふみは背中を反らせて喘いだ。

「ふう……キツっ……」

ふみの腰をしっかりと抱え、悟はしばらく感触を味わうようにじっとしていた。それからゆっくりと腰を回し、なかを掻き混ぜるようにしてきた。

「あっ……はあっ……」

一緒に暮らすようになってから半年以上経ち、行為自体にはもう慣れたはずなのに、まるで初めてのときのように胸がうるさい。自宅のベッドではないうえに、ふたりの体からいつもとは違う匂いがするからだろうか。

ココナッツオイルの香りは、ふたりが汗をかけばかくほど強く香るように思えた。

悟が本格的に腰を使いだした。ぐちゅっ、ぐちゅっ、と悟の下腹部がふみのお尻に当たるたびにいやらしい音が立つ。

「悟さん、まっ……待ってっ」

「うん？」

悟は腰の動きをわずかに緩めた。

「その……前からが、いいです……」

知らないものと知らない匂いに包まれながらのセックスは、刺激的ではあるが少々不安になる。できれば悟の顔が見られる体位で愛し合いたかった。

「わかった」

悟はふみの体をくるりとひっくり返し、覆いかぶさってきた。

「ふみ……」

悟の顔が近づいてきて、唇を奪われる。薄く口を開くと、すぐさま熱い舌が入ってきた。深い口づけは、ふみを安心させた。いつもの悟の味だったからだ。

「悟さん……んん……」

キスを続けながら、今度はゆっくり挿入してきた。体を繋げたときの切ないような疼きがふみは好きだ。

ふたりのどこにも隙間なんてないくらいぴったりと肌をくっつけて、優しく体を揺らされる。多幸感が繋がったところから湧き上がり、指の先まで満ちていくのがわかる。

窓が開いていることは、もはや気にならなかった。海は穏やからしく、外からは波の音ひとつ聞こえてこない。

悟はふみを揺らし続ける。ふみは自分が船になったような気分で悟の背に腕を回していた。

こんなに幸せで満たされる行為があるなんて、ひとりで生きていこうと決めていた半年前には知らなかった。

「う……」

唇を離し、悟が小さく呻いた。

ふみもそうだが、悟ももう限界が近いようだ。ふみを揺さぶる動きの激しさが増し、ぽたぽたと悟の額から汗が落ちてくる。

「あっ、ああっ、もうだめ、もうっ――」

体の中心を引き絞られるような感覚のあと、腰の奥で快感が弾けた。

「俺もイク、ふみ、ふみっ……！」

ガクガクと震えるふみをきつく抱き締め、悟が動きを止める。敏感になった秘苑のなかで、彼が熱を放ったのがなんとなくわかった。

息が整ってからもお互い離れがたく、汗まみれの体で抱き締め合う。

「悟さん……」

「うん？」

「こんな素敵なところに連れてきてくれて、ありがとうございます」

モルディブに来るまで、旅行にはさして興味がなかった。自分には関係ないものだと思い込んでいたのもある。

「俺もこんなに楽しい旅行は初めてだよ。ふみが一緒に来てくれたからだ。ありがとう」

額に唇が押し当てられる。情事の最中とは違う穏やかなキスだ。

「あ……」

悟が驚いたような声を上げた。

「ふみ、外見てごらん」

「え？　……あ」

横になったまま振り向いたふみは、窓の外の景色に目が釘付けになった。

いったい何色と表現したらいいのだろう。青。紫。オレンジ。赤。鮮やかな色彩がこちらから水平線に向かって太い筆で刷いたように広がっている。

ふみは裸のまま、ふらりとベッドから出た。視線は窓の外に向けられている。

ペタペタと裸足でバルコニーの外まで行く。

夕日が空と海を染めている。いつまでも見ていたいと思ったが、こうしている間にも夕焼けは刻々と色を変えている。

ふわっと、肩の辺りが温かくなった。悟が後ろから緩く抱きついてきている。

「ふみ、泣いてる」

「……え？」

言われて気づいたが、本当だった。景色を見て感動のあまり涙を流すなんて、初めての経験だ。

こんな景色、見たことがないならないで、なんの不満もなく生きていけたはずだ。でもこうしてふたりで見られたこの光景を忘れることは一生ないだろう。

「これからも、見たことない景色をいっぱい見にいこう。ふたりで」

「……はい」

噛み締めるように頷く。

それからふみは、悟の胸のなかに閉じ込められたまま、日が落ちるまで空と海を眺めていた。

翌日は午前中にまた島の周辺でスノーケリングをして、午後には高速ボートで行くドルフィン・ウォッチングツアーに参加した。

ボートにはいろんな人種のひとたちが二十人ほど乗っていて、島に来てからほぼ悟と施設の従業員の姿しか見ていなかったけれど、ここは世界中からひとが集まるリゾート地なのだと実感した。

ボートはスノーケリングでは行かなかった沖合まで進んだ。海の色が濃くなる。透明度が高いので、魚影はよく見えた。

「イルカ、見られるでしょうか」

「たぶん。見られない日はほとんどないらしいよ」

ボートを運転している船主は、この辺りの海を回遊しているはずのイルカの姿を探している。

二十分ほど経った頃だった。船主が大きな声でなにか言い、船のエンジンを止めた。

「イルカの群れに追いついたって」

悟が興奮気味に言う。

「え、どこですか」

ふみは船べりに張り付くようにして、目の前に広がっている海にイルカの姿を探した。すると目と鼻の先にいきなり、イルカの顔が現れた。

「きゃあっ」

「キュウッ」

イルカはまるでふみと会話しているみたいに一鳴きして、ボートの下をくぐっていった。群れにはイルカが三十頭ほどいて、ボートを追い越していったり、海面から飛び上がってみたり、悠々と過ごしている。

「すごい、私イルカを見るの初めてです。こんなに可愛いものなんですね」

「俺も野生のイルカを見るのは初めてだ。全然ひとを怖がらないんだな」

イルカたちのふるまいは、まるでボートと遊んでいるようだ。

船主はたまにエンジンをかけてボートを前に進め、イルカの群れから離れないようにしてくれた。そしてたっぷり三十分ほどイルカたちとの触れ合いを楽しませてくれてから、彼らにさよならを言うよう伝えてきた。

ふみは遠ざかっていくイルカの群れに大きく手を振った。


リゾートで過ごす最後の夜は、島から長い桟橋を渡ったところにある水中レストランでディナーを摂ることにした。ドレスコードはスマートカジュアルということで、ふみはここに来てから初めてワンピースを着た。

「わあ……」

階段を下りていった先にはドーム型でガラス張りのレストランがあった。壁も天井も柱もないから、海のなかにいる実感がすごい。

広さのわりに客席は少なく、間隔を空けてゆったりと配置されている。そのひとつに案内されて座ると、レストランの明かりに惹かれてくるのか、真横まで色とりどりの魚がやってきた。

食前酒を飲みながら、ガラスの向こうを眺める。じっと見ていると、魚が泳いでいるのかこちらが動いているのかわからなくなりそうだ。

「水族館でご飯を食べるみたいですね。行ったことないですけど」

「帰ったら行こう」

帰ったら。

もう明日にはモルディブをたつのだと思うと、十分堪能したつもりでも名残惜しくなってくる。

「楽しかったなぁ……」

初めての飛行機。初めての海外。初めての海。忘れられない思い出がいっぱいできた。

「俺も楽しかった。また旅行しよう。ふみに見せたいものが、まだまだたくさんあるんだ」

「フフ、楽しみにしてます」

笑い合っていると、店員が前菜の皿を持ってきた。ふたりの前に一皿ずつ置き、ガラスの向こうをしきりに指さしてなにか言った。

「この料理、この魚だって」

「え」

思わず泳いでいる魚と目の前の料理を見比べてしまった。

「それは……なんというか……」

「食べづらいな……」

「食べますけどね……」

ついさっきまでは水族館のなかにいる気分だったのに、一気に生け簀のなかにいる気分になる。

しかし恐る恐る食べた白身魚のポワレは、新鮮でとても美味しかった。

「北海道《ほっかいどう》にさ、放し飼いにされた羊を見ながらジンギスカンを食べられる牧場があるんだ」

「それはまた新鮮で美味しそうな」

そして、微妙な気分になりそうだ。

前菜を食べ終わると、すぐに次の皿が出てきた。次から次へとシーフード料理が出てくる。

どれも青い食器に美しく盛られていて、泳いでいるときの姿をあまり感じさせない料理が多くて助かった。

リゾート内での食事はビュッフェ形式が多くて、それはそれで好きなものを食べられてよかったけれど、コース料理も落ち着いていていい。

「あ、そういえば」

「うん？」

「お土産。まだなにも買っていないです」

最低でも、仕事を休ませてもらったお礼としていまのモデルルームに勤務しているメンバーにはなにか買っていきたい。ちょっとしたお菓子くらいでいいから。

「島にお土産屋さんってありましたっけ」

「レセプションの一角にそれっぽいスペースはあるけど……正直モルディブって、あんまりお土産らしいお土産ってないみたいなんだ」

「そうなんですか」

「あ、海にある貝殻とかサンゴは拾って帰っちゃだめだよ。砂も。出国審査で引っかかるからね」

「そうなんだ……」

お土産というよりは自分への記念にちょっとだけ持って帰りたかったので残念だ。

「空港に行けばさすがになにかしらあるだろうから、そこで買おう。または、乗り継ぎの空港か」

「わかりました」

会話をしている間にも、魚たちはまるで自分たちが食べられる日など来ないと思っているみたいに悠々とすぐそばを泳いでいた。

二時間ほどワインと食事を楽しんでから、ふみと悟は自分たちのヴィラに戻った。

明日の出国に向けて、荷物を整理する。といっても、洗面用具はヴィラに備え付けられていたものを使ったし、Tシャツとハーフパンツの着替えが二組あるくらいで、スーツケースは半分もスペースが埋まっていない。

お土産をあまり買えないなら、もっと小さいスーツケースでもよかったなとふみは思った。

「モルディブの砂、持って帰りたかったです」

「お土産用のガラスの瓶に入ったようなやつなら、レセプションの横でも売ってるんじゃないかな」

そういうのでなく。

「自分が踏んだ砂っていうのがいいんじゃないですか」

「そんな、甲子園の砂みたいな」

悟の方はもう荷造りが終わったらしく、クッションを枕にしてソファに横になっている。

「今日は明日に備えて早めに寝よう。ビジネスクラスとはいえ十二時間のフライトはきつい」

「ビジネスクラス？」

「エコノミー……普通の席より、広い席ってこと。行きもそうだったけど足元も隣の席との間隔も広いから、少しはラクだっただろ？」

「あ、あれそういうのだったんですか」

飛行機の座席にグレードがあるという知識はあったが、案内されたところからは同じ席種しか見えなかったから、気づかなかった。

それにしても、ビジネスでの旅行でもないのにビジネスクラスというのも変な感じだ。

順番に入浴を済ませ、ベッドに入る。結局ここに来てから一度も、窓とカーテンを閉めなかった。

昼間は暑いが、日が落ちれば心地よい気温になる。少しだけ風が入ってくるのも気持ちよかった。波の音が、小さく聞こえる。

「明日はどうする？　朝スノーケリングに行こうと思えばまだ行けるけど」

ふみは首を横に振った。

「もう一生分海に浸かった気がします」

「それじゃ、朝食を食べて時間まで部屋でのんびりしていよう」

「はい」

ふみは悟の胸に顔を埋めた。今日はココナッツオイルの香りがしない。嗅いでいて安心できる、悟自身の匂いだ。

初めての海外旅行はとても楽しかった。

でもこうして悟の匂いを嗅いでいると、ふたりで暮らすあのマンションに早く帰りたい気分になってきた。

「……悟さん」

「うん？」

優しい声で言って、悟が髪を撫でてくる。

「大好きです」

素直に言うと、悟は目を細めて笑った。

「俺も」

ふみは悟の目尻に浮かんだ皺を愛おしく思った。

その皺が笑っていないときでも消えないくらい年をとっても、こうして抱き合って眠りたい。

そんなことを思いながら彼の背中に腕を回し、そっと目を閉じた。

あとがき

『俺を好きだと言ってくれ　不器用御曹司の求愛はわかりにくい』をお手に取ってくださり、ありがとうございます。お楽しみいただけたでしょうか。

この本は、電子書籍として発行されたものに後日談を書き下ろして文庫化したものです。紙の本が大好きなので、文庫化のお話をいただいたときはそれはそれは嬉しかったです。

さて、このお話のヒーローである悟には、離婚歴があります。しかも、元奥さんが浮気したとかそういう理由ではなく、完全に悟が悪いバツイチ。

悟という人間の面倒くささを描こうとしたとき、私としてはそこは外せない要素だったのですが、ティーンズラブというジャンル的に大丈夫なのかはかなり心配しました。

結果として、電子版が発行されたときにいただいた感想に悟の離婚歴をマイナスにとらえるものは少なく、ホッとしました。

私は東京住まいなもので、ふたりのデートコースは執筆前に実際に足を運びました。動物園は十年以上ぶりです。パンダのうち一頭の前が大行列だったのですが、中国に返還される直前だったからのようでした。四十分以上の待ちが出ていて、これがパンダガチ勢かと驚きました。パンダ饅おいしかったです。

テーマパークは（動物園もですが）楽しかったのですが広すぎて、正直一回りしたときにはもうくたくたで、自分がいかに運動不足かを思い知らされました。ふみは夜のパレードを見て「帰りたくないな」と思っていましたが、私は「これで帰れる」と思ってしまいました。

曜変天目茶碗の実物は、いつまでも見ていられそうな本当に不思議な色合いでした。茶碗のぬいぐるみは実在します。実物大で、ちゃんと木箱に入っています。ちょっと欲しかったのですが、見本はあったものの大人気らしく品切れでした。残念。

番外編ではどこに新婚旅行に行ってもらおうか迷って、ふたりきりで思う存分いちゃいちゃできそうなモルディブに決めました。残念ながら、モルディブは実際に行ってみるというわけにはいかなかったので、ふたりがとても羨ましいです。

それではこの辺で。また、お目にかかれますように。

緒莉《おり》

イケメンと噂の
副社長・悟に
残念
また来る
はあ…
塩対応のふみだけど…
俺のこと嫌いでしょ
なぜだか
気に入られてしまいー!?
そんな顔されると
ますます
来たくなるな

不器用御曹司の求愛は
わかりにくい
俺を好きだと言ってくれ
Ore wo sukidato ittekure
Moe Oguri presents
original by Ori
character design by
Yuutsuzu Amaji
原作／緒莉
キャラクター原案／天路ゆうつづ
小栗もえ
コミカライズ配信中!!

チュールキス文庫 moreをお買い上げいただきありがとうございます。
先生方へのファンレター、ご感想は
チュールキス文庫編集部へお送りください。

〒102-0073　東京都千代田区九段北3-2-5　5F
株式会社Jパブリッシング　チュールキス文庫編集部
「緒莉先生」係　／　「天路ゆうつづ先生」係

✦チュールキス文庫HP✦http://www.j-publishing.co.jp/tullkiss/

俺を好きだと言ってくれ
不器用御曹司の求愛はわかりにくい

2024年7月30日　初版発行

著　者　緒莉

発行人　藤居幸嗣

発行所　株式会社Jパブリッシング
〒102-0073　東京都千代田区九段北3-2-5　5F
TEL　03-3288-7907
FAX　03-3288-7880

印刷所　中央精版印刷株式会社

ISBN978-4-86669-690-4　Printed in JAPAN